Das Schulmädchen

Sienna C. Stein

Erotische Geschichten

Die Orgie

Die junge Sekretärin Anna – *völlig gefrustet von ihrem neuen Job und ihrem Ex* – findet ihre sexuelle Erfüllung nur in den Träumen. Eines Tages ergreift sie die Chance, sich in eine geheime Loge einzuschleichen, um einer Orgie beizuwohnen. Die Sex-Exzesse, die sie dort erlebt, verändern ihr bisheriges Sexualverhalten komplett. Für Anna gelten nunmehr die Logen-Regeln: zügelloser Sex und bedingungsloser Gehorsam!

Luder!

Kate Steel, gerade mal süße 18 Jahre alt, vergnügt sich am liebsten mit ihren Lehrern im Bett. Sie macht nicht einmal vor ihrer Lehrerin halt. Kein Mädchen auf diesem Internat ist so zügellos und durchtrieben wie sie. Sex ist Kates große Leidenschaft und sie genießt es in vollen Zügen, die Lehrerschaft in Sexobjekte zu verwandeln. Doch eines Tages kommt ein neuer Lehrer an die Schule. Und der hat mit ihr etwas ganz anderes vor...

zügellos

Die 18-jährige Jessica verflucht ihre Schüchternheit, als ihr der heißeste Junge der *Highschool* in der Mädchendusche plötzlich gegenübersteht. Geplagt von wilden Wunschträumen und unbändiger Sexlust beschließt sie, ihn zu verführen. Mit ihrer Zügellosigkeit weckt sie aber ungewollt auch die Neugier eines anderen Jungen, der für seine hemmungslosen Sex-Exzesse an der Schule bekannt ist.

Das Schulmädchen

Sebastian Jace Croft – ein reicher Amerikaner – führt ein unbeschwertes Leben. Hemmungsloser Sex und ausschweifende Partys sind seine Leidenschaft. Eines Tages begegnet er Julia, der 18-jährigen Tochter seiner Haushälterin. Der unbändige Drang, das Schulmädchen zu vögeln, lässt ihn nicht mehr los...

Inhaltsverzeichnis

Bibliografische Information der Deutschen Nationalbibliothek:

Die Deutsche Nationalbibliothek verzeichnet diese Publikation in der Deutschen Nationalbibliografie; detaillierte bibliografische Daten sind im Internet über http://dnb.d-nb.de abrufbar.

Originalausgabe

Das Schulmädchen – *Erotische Geschichten*

Neuauflage 2012, völlig neu überarbeitet

© 2011 by Sienna C. Stein

1. Auflage 2011

alle Rechte liegen beim Autor

Cover-Fotos © fotolia.de/Mayer, G.

Herstellung & Verlag: Books on Demand GmbH, BoD Norderstedt

* all rights reserved *

ISBN 13: 978-3-8423-7838-4

Die Orgie

Anna lief hastig durch einen düsteren Korridor, der nicht enden wollte. Sie war schon völlig außer Atem. Immer wieder kam sie an Wendeltreppen vorbei, die nirgendwo hinführten, passierte hohe Räume, in denen sich keine Möbel befanden. Sie rannte, ohne sich umzusehen, obwohl sie keine Ahnung hatte, wovor sie da eigentlich davonlief. Aber irgendetwas war hinter ihr her.

Plötzlich erspähte sie Licht am Ende des Ganges. Sie beschleunigte ihre Schritte, um schneller dorthin zu gelangen. Doch bevor sie den hellen Lichtschein erreichte, packte sie jemand an der Schulter und wirbelte sie herum. Ihr Angstschrei durchbrach die Stille. Vor ihr stand ein hochgewachsener Mann, der sein Gesicht hinter einer schwarzen Kapuze verbarg. Tief hatte er sie sich ins Gesicht gezogen. Der schwarze Ledermantel, den er trug, reichte ihm fast bis zum Boden. Anna zitterte am ganzen Leib. Der Mann griff nach ihrer Hand und machte kehrt. Er zog sie den ganzen Weg zurück. Sie versuchte vergeblich, sich zu befreien, doch gegen seinen eisernen Griff kam sie nicht an. Sie hatte keine andere Wahl, sie musste ihm folgen. Ihre Hilferufe und ihr Betteln waren vergebens. Ihr Entführer reagierte nicht darauf, sondern zerrte sie unerbittlich mit sich mit. Vor einer hohen Eisentür kamen sie zum Stehen. Schräg gegenüber befand sich eine Statue aus Marmor. Es war ein nackter Mann mit einer gigantischen Erektion. Magisch angezogen von diesem Anblick, starrte sie auf die Statue. Sie hatte den Fremden mit dem Ledermantel völlig vergessen. Doch seine Stimme holte sie aus ihren Gedanken zurück.

„Habe ich dir nicht gesagt, dass es zwecklos ist fortzulaufen?!", ermahnte er sie. *Seine Stimme! Sie klang wunderschön. Sie kannte sie irgendwoher. Aber woher?*

Anna sah zu ihm auf. Die Kapuze verdeckte immer noch sein Gesicht. Sie versuchte, etwas zu erwidern, aber kein Laut drang aus ihrer Kehle. Stumm haftete ihr Blick auf ihm.

„Du weißt, dass ich dich jetzt bestrafen muss.", flüsterte er ihr leise zu.

Anna nickte nur. Sie spürte, wie sehr sie seine Worte erregten. Und dann berührte er sie zwischen den Beinen. Damit hatte sie natürlich nicht gerechnet. Immer kräftiger rieb er seine Hand an ihrer Möse. Ein unartiger Seufzer wich aus ihrer Kehle. Sie sah an sich herab und bemerkte, dass sie lediglich mit einem Nachthemd bekleidet war. Verwundert darüber sah sie wieder zu ihm auf. Mit seiner Hand rieb er immer härter über ihre Schamlippen. *Wieso empfand sie nur Lust dabei? Er hatte sie doch noch nicht einmal gefragt, ob sie das überhaupt wollte. Er hatte sie einfach hierher gezerrt, um sich an ihr zu vergehen.* Doch anstatt sich zu wehren, presste sie völlig schamlos ihr Geschlecht noch fester gegen seine Hand und kreiste lustvoll ihr Becken. *Wer verbarg sich nur dahinter? Und welch magischer Reiz ging von ihm aus?*

Er ließ abrupt von ihr ab und stieß die Eisentür auf. Anna sah an ihm vorbei und spähte in den Saal hinein. Obwohl er sich wie eine Mauer vor ihr aufgebaut hatte, konnte sie erkennen, dass sich eine gigantische Orgie darin abspielte. Anna bekam zittrige Knie und verspürte den unbändigen Drang, sich in das Sex-Getümmel zu werfen. Ganz unerwartet zog er die Tür aber wieder zu. *„DAS* wäre die Belohnung gewesen." Sein zynisches Lachen hallte ihr in den Ohren.

Plötzlich zog er sich die Kapuze vom Kopf und entledigte sich seines Mantels.

Anna erstarrte augenblicklich zu Eis. *„Mr Northwood!",* stieß sie irritiert aus. Vor ihr stand tatsächlich ihr Chef.

Ehe sie reagieren konnte, riss er ihr das Nachthemd herunter, drückte sie gegen die Wand und zwang sie in die Knie. „Mach deinen Mund auf, du Luder! Vielleicht überlege ich es mir dann mit

6

der Bestrafung." Er öffnete hastig seinen Hosenschlitz und sein steifer Penis sprang mit einem Satz vor Annas Gesicht. Der Drang, seine Eichel mit der Zunge zu berühren, war größer, als der Drang, sich gegen ihn zu wehren. Sie öffnete bereitwillig den Mund und berührte sie mit der Zungenspitze. Im selben Moment übermannte sie die Sexgier. Sie leckte gierig mit der Zunge über seinen Schwanz, biss zärtlich in seine Vorhaut, nahm sein Glied vollständig in sich auf. Sie ließ bedingungslos zu, dass er ihren Mund als Lusthöhle missbrauchte. Northwoods steifer Penis schmeckte fantastisch, und er roch unheimlich gut. In diesem Moment hatte sie ein *déjà-vu*. Ihr war sofort klar, dass er ihren Mund heute nicht das erste Mal gevögelt hatte. Sie sah zu ihm auf und saugte noch zügelloser an ihm. Sie ahnte, dass Northwood ihr nur Befriedigung schenken würde, wenn er selbst einen Orgasmus bekam. Also bemühte sie sich, noch besser zu sein, als er es erwartete. Und während sie schamlos an ihm saugte und ihn immer tiefer in sich aufnahm, rang sie atemlos nach Luft... und *genau in diesem Moment* erwachte sie schweißgebadet aus ihrem Traum!

Im ersten Augenblick wusste sie nicht, wo sie war. Sie richtete sich auf und sah sich um. Ihre Augen gewöhnten sich rasch an die Dunkelheit. Die Konturen ihres Schlafzimmers nahm sie immer deutlicher wahr. Sie richtete den Blick auf das beleuchtete Display ihres Weckers. *Drei Uhr morgens! Sie konnte nicht fassen, dass sie schon wieder von ihm geträumt hatte. Und immer wieder endete der Traum damit, dass sie Northwoods Penis leckte oder sich von ihm ficken ließ.* Und das, obwohl sie diesen zynischen Mann nicht einmal ausstehen konnte. *Alexander Northwood* war seit ein paar Wochen ihr neuer Chef. In den ersten Tagen machte sie ihm sogar schöne Augen, denn er sah ausgesprochen gut aus. Sein hochgewachsener Körper wirkte in jedem Anzug elegant. Sein dunkelbraunes Haar passte zu seinem Teint. Und seine braunen Augen hatten das gewisse Etwas, was jede Frau ansprach.

Doch schon in der zweiten Woche musste sie feststellen, was für ein Ekel er war.

Er hatte sie gnadenlos vor seinen Geschäftspartnern zusammengestaucht, weil sie ihm versehentlich die falschen Unterlagen ins Meeting gebracht hatte. Sein Brüllen erklang immer noch in ihren Ohren. An die beleidigenden Worte wollte sie gar nicht mehr denken. Was für eine Demütigung das gewesen war! Seit diesem Tag maulte er sie bei jeder nur erdenklichen Gelegenheit an. Er hatte sichtlich seine Freude daran, sie zu demütigen.

Jeder noch so kleine Fehler war ihm ein Dorn im Auge.

Anna saß aufrecht im Bett und konnte nicht begreifen, dass sie schon wieder diesen Traum hatte. Niemals würde sie mit ihrem Chef schlafen. Und schon gar nicht diese Dinge tun, die sie in ihren Träumen mit ihm gemacht hatte. Unbewusst fuhr sie sich mit den Händen durch ihre lange Haarmähne. Das tiefe Braun ihres Haares wirkte in der Dunkelheit schon fast schwarz.

Sie ließ sich aufs Kissen zurückfallen und versuchte wieder einzuschlafen. Aber ihre Gedanken ließen es nicht zu. Sie wälzte sich den Rest der Nacht in ihrem Bett hin und her. Als sie endlich einschlief, klingelte der Wecker. Völlig frustriert und völlig übermüdet stemmte sie sich aus dem Bett.

***

Anna Flenberg hatte vor ein paar Wochen in einer Londoner Werbeagentur einen Job als Sekretärin gefunden. Zuerst hatte sie gedacht, einen guten Griff gemacht zu haben, aber dann stellte sich heraus, dass ihr Chef, Alexander Northwood, ein geradezu unerträglicher Mensch war. Eine reibungslose Zusammenarbeit mit ihm war äußerst schwierig, zumindest für Normalsterbliche. Man konnte es ihm einfach nicht recht machen. Anna bemühte sich zwar sehr, aber sie schaffte es einfach nicht.

Fast täglich demütigte er sie vor anderen Mitarbeitern oder langjährigen Geschäftspartnern dieser Werbeagentur. Northwood hatte die Agentur von seinem Vater übernommen, der im letzten Jahr ganz unerwartet verstorben war. Ein großer Verlust für das Unternehmen.

Alexander Northwood war Anna schon aufgefallen, noch bevor sie überhaupt wusste, wer er war. Sie fand den hochgewachsenen, gut gekleideten Mann äußerst attraktiv, der ein paar Mal an ihr vorbeigelaufen war, während sie in der Besucherecke auf ihr Vorstellungsgespräch gewartet hatte. Erst als sie von der Empfangsdame in Northwoods Büro geführt wurde, war ihr bewusst, wen sie da eigentlich beobachtet hatte. Eine Woche später bekam sie per Post die Zusage.

Zuerst schwelgte sie in Glück, doch die Ernüchterung ließ nicht lange auf sich warten. Da sie aber auf den Job angewiesen war, quälte sie sich jeden Tag aufs Neue ins Büro hinein.

Northwood hatte schon den ganzen Morgen schlechte Laune. Ein guter Kunde hatte aus unerklärlichen Gründen im letzten Moment seinen Auftrag, der für die *Agentur Northwood* bedeutend war, zurückgezogen und eine andere Werbeagentur damit beauftragt. Northwood tobte schon den ganzen Vormittag in seinem Büro, weil er den Schuldigen nicht finden konnte, der für dieses Dilemma verantwortlich war. Und wenn Northwood tobte, musste Anna springen. Erst als er gegen Mittag das Büro verließ, kam sie wieder zur Ruhe, um die Tagespost zu öffnen.

Und da war es passiert. Sie war nur eine Sekunde lang mit den Gedanken abwesend. Aber es war unwiderruflich geschehen. Sie hatte einen Brief, der *persönlich an Alexander Northwood* gerichtet war, mit dem Brieföffner aufgeschlitzt, obwohl er ihr strengstens verboten hatte, seine persönliche Post zu öffnen. Darauf hatte er sie schon an ihrem ersten Arbeitstag hingewiesen.

Anna war sofort klar, dass sie ihm das unmöglich sagen konnte. Schon gar nicht am heutigen Tag! Also hatte sie kurzerhand

9

beschlossen, den Brief einfach verschwinden zu lassen, so als hätte es ihn nie gegeben.

Hastig schob sie den Umschlag in ihre Handtasche. Sie wollte den Brief keinesfalls nur in den Papierkorb werfen, denn bei ihrem Glück hätte ihn Northwood womöglich genau dort wieder herausgefischt. Erleichtert darüber, ihre Schandtat vor ihm versteckt zu haben, öffnete sie etwas gelassener noch die restliche Firmenpost und legte ihm die Postmappe auf den Tisch.

Northwoods Laune war auch am Nachmittag nicht besser.

***

Kaum in ihrer kleinen *Zwei-Raum-Wohnung* angekommen, entsorgte sie den Brief im Mülleimer. Sie holte sich aus dem Kühlschrank einen Snack und machte es sich auf dem Sofa bequem. Doch nur fünf Minuten später sprang sie auf und holte den Brief aus dem Mülleimer wieder heraus. Die Neugier hatte sie gepackt. Möglicherweise hätte sie aus dem Brief ja irgendetwas Interessantes über ihren Chef erfahren, was sie bei passender Gelegenheit gegen ihn verwenden konnte. Sie zog den Inhalt aus dem Umschlag.

Es war definitiv mehr, als sie erwartet hatte.

In den Händen hielt sie eine Eintrittskarte für eine Orgie, die am kommenden Wochenende auf einem Landgut außerhalb der Stadt stattfinden sollte. Ein gelber *Post-it Zettel* haftete auf der Karte.

Melde dich! Chloe

Anna starrte die Eintrittskarte an. Sie sah einer herkömmlichen Konzertkarte eigentlich sehr ähnlich. Der einzige Unterschied war, dass sich hierauf frivole Nacktfotos befanden. Mehrere Männer und Frauen in anrüchigen Stellungen waren darauf abgebildet. Diese Bilder waren durch und durch verdorben. Und trotzdem lösten sie einen gewissen Reiz bei Anna aus.

Niemals hätte sie das Northwood zugetraut.

Aber es bestand kein Zweifel: Diese Eintrittskarte sprach für sich. Er war also am kommenden Wochenende auf einer Orgie eingeladen. Die Veranstaltung sollte auf einem Landgut nicht weit von London entfernt stattfinden. Sie kannte den Ort. Es war eine sehr noble Gegend. Nur Reiche hielten sich dort auf.

Anna starrte wie gebannt auf die Einladung. Ihre Gedanken überschlugen sich. Sie musste ihre Entdeckung erst einmal verarbeiten. Einerseits konnte sie sich überhaupt nicht vorstellen, dass ihr Chef solch abartige, sexuelle Vorlieben hatte, andererseits kamen ihr genau in diesem Moment ihre wilden Träume wieder in den Sinn, in denen sie sich mit ihm zusammen in wilde Sex-Exzesse stürzte.

Anna dachte nach. Und während sie darüber nachdachte, was sie tun sollte, durchfuhr ihren Körper ein unglaubliches Lustgefühl. Es war unvorstellbar, aber sie war geil. Sie hatte sich schon oft gefragt, wieso sie bei der reinen Vorstellung, von mehreren Männern und Frauen gleichzeitig als Sexobjekt benutzt zu werden, geil wurde. Bisher entsprach ihr Sexleben der Norm. Dachte sie zumindest. Aber sie ahnte, dass mehr dahinter stecken musste, als nur die übliche Missionarsstellung. Ihre letzte Beziehung lag zwar schon ein paar Monate zurück, aber sie konnte sich nicht daran erinnern, jemals etwas völlig Verruchtes und Verdorbenes im Bett getan zu haben. Meistens dauerte das Sexspiel mit Edgar nicht länger als ein paar Minuten. Weil sie aber keine sexuelle Erfüllung in ihrer Partnerschaft gefunden hatte, hatte sie sie abrupt beendet. Nur die Beine breitzumachen und stillzuhalten, konnte es ja nicht sein! Ihre Fantasien waren weitaus spannender gewesen als der Sex mit Edgar.

Aber durfte man wirklich so zügellos sein, ungezügelten Sex in Gruppen zu haben? War das normal?

Sie legte die Eintrittskarte beiseite und versuchte, keinen Gedanken mehr daran zu verschwenden. Aber als sie nachts im Bett wach lag, schossen ihr immer wieder die wildesten Fantasien durch den Kopf, wenn sie sich die Orgie bildlich vorstellte. Völlig überwältigt von ihren Gefühlen und mit einer immensen Sexlust spreizte sie die Beine und masturbierte unter der Decke.

Sie quälte sich die ganze Nacht. War sich nicht schlüssig, was sie machen sollte. Sollte sie es wirklich wagen, dorthin zu gehen? Ihr Chef wusste ja nicht, dass diese Orgie stattfinden würde. Schließlich hatte er die Eintrittskarte ja nicht bekommen. Also wäre er auf jeden Fall nicht da. Niemand war so naiv wie Anna, deshalb glaubte sie am Ende tatsächlich, Northwood wisse nichts darüber.

Am Morgen hatte sie dann beschlossen, mit Northwoods Eintrittskarte auf diese Orgie zu gehen. Schließlich stand kein Name auf der Karte, also müsse jeder, der sie besaß, auch Zutritt zu diesem Ort bekommen.

Im Büro ließ sich Anna nichts anmerken.

Ihre Gedanken kreisten ständig um das bevorstehende Spektakel. Dabei hatte sie noch nicht einmal bemerkt, dass sich ihr Chef die ganze Woche bemüht hatte, freundlicher zu ihr zu sein.

***

Anna parkte mit einem Porsche auf dem Gelände. Allein für diesen Anlass hatte sie sich einen Wagen gemietet. Es wäre ihr peinlich gewesen, schon auf dem Parkplatz aufzufallen, wenn sie mit ihrer alten Kiste vorfuhr.

Den ganzen Tag hatte sie überlegt, was sie anziehen sollte. *Was trug man auf Orgien?* Sie hatte keine Ahnung. Am Ende hatte sie sich für ein schwarzes, kurzes Kleid entschieden. Darunter trug sie schwarze Strapse. Sie würde mit einem schlichten, schwarzen Kleid sicherlich in der Menge nicht auffallen. Dachte sie zumindest. Aber als sie einige Gäste über den Parkplatz auf das Gebäude zugehen sah, fiel ihr auf, dass die Frauen ausnahmslos Rot trugen und die Männer in Grau gekleidet waren. Möglicherweise war das aber nur ein Zufall, dachte sie.

Sie stieg aus und stolzierte einer kleinen Gruppe hinterher. Anna versuchte, cool und gelassen zu wirken, aber ihre Knie zitterten wie Espenlaub.

Sie war so nervös, dass sie nicht bemerkte, wer sich nur ein paar Schritte hinter ihr befand.

***

Northwood erhielt Mitte der Woche einen Anruf von Chloe. Sie hatte sich darüber gewundert, dass er sich nicht bei ihr gemeldet hatte. Northwood konnte sich zwar nicht erklären, wo seine Eintrittskarte abgeblieben war, aber er ging davon aus, dass die Post sie verschlampt hatte. Als er aber auf den Parkplatz des Geländes fuhr, und Miss Flenberg aus einem Porsche aussteigen sah, war ihm plötzlich alles klar. Northwood war regelmäßig hier, aber sie hatte er dort noch nie gesehen. Zudem kannte er die Regeln, die man erfüllen musste, bevor man überhaupt erst eine Eintrittskarte zu diesem Sex-Spektakel bekam. Und da er selbst ein Logen-Mitglied war und zum engsten Kreis des Rates gehörte, wusste er mit hundertprozentiger Sicherheit, dass Miss Flenberg unmöglich eine Eintrittskarte haben konnte. Die einzige logische Erklärung war, dass sie ihm die Eintrittskarte entwendet hatte. Wie auch immer.

Northwood befahl Chloe, die im Wagen neben ihm saß, sich Sophies Gruppe anzuschließen, da er sie gerade über den Parkplatz stolzieren sah. Er selbst sprang aus dem Wagen und rief über sein *iPhone* Ethan an, der ebenfalls ein Logen-Mitglied des Rates war und im Inneren des Gebäudes schon auf ihn wartete. Währenddessen folgte er unbemerkt seiner Sekretärin zum prunkvollen Haupteingang. Ethan informierte sofort über das Haustelefon seinen Diener Lucas, der die Gäste unten in der Halle mit zwei anderen Dienern des Hauses in Empfang nahm. Und als Anna das Gebäude betrat, wussten alle wichtigen Leute bereits, dass ein *blinder Passagier* an Bord war. So nannten sie diejenigen, die sich unberechtigterweise Zutritt zu ihren heimlichen Sex-Exzessen verschafften. Sie waren eine geschworene Gemeinschaft, die ihr Treiben vor der Öffentlichkeit geheim hielten, um die Privatsphäre jedes einzelnen Logen-Mitglieds penibel zu schützten.

Nachdem auch Northwood das Gebäude betreten hatte, setzte er seine Maske auf. Alle Männer trugen dieselben Masken, denn nur sie hatten das Recht dazu, vor den Frauen, die sie auf den Orgien fickten, unerkannt zu bleiben. Einige Frauen wussten aber dennoch immer gleich, von wem sie gefickt wurden, weil sie die stählernen Schwänze derjenigen, die ihnen Multiorgasmen bescherten, sofort wiedererkannten. Und Chloe wusste immer, wenn Northwoods Schwanz ihr lustvolle Stunden bescherte.

Bei diesem grandiosen Sex-Spektakel waren die Frauen die Sklavinnen der Herren. Sie mussten aufs Wort gehorchen und jedem Mann mit ihrem Körper dienen. Ihre Öffnungen standen für sie allzeit bereit, egal ob sie ihre Münder, ihre Mösen oder ihre Ärsche vögeln wollten.

Um einen Eindringling sofort zu erkennen, hatte man die Kleiderordnung angeschafft. Männer kleideten sich mit grauen Anzügen und trugen unverkennbar identische Masken, Frauen hingegen trugen grundsätzlich rote Gewänder. Man war sich sicher, dass sich kein Eindringling in Rot kleiden würde, denn er wollte ja schließlich nicht auffallen. Ob sich ein Logen-Mitglied seiner Kleidung im Ballsaal ganz entledigte oder nur teilweise, blieb jedem selbst überlassen. Jeder sollte sich auf seine eigene Art und Weise seiner zügellosen Lust hingeben, um die perfekte Erfüllung seines Sexualtriebs zu erhalten. Diese Regel galt aber nur für die Männer. Die Frauen hatten sich immer zu entkleiden, wenn es die Männer von ihnen verlangten. Was mit ihnen während der Orgie geschah, lag in der Hand des Mannes. Ob er sie fickte, leckte, schlug oder ihnen den Orgasmus verwehrte, sie mussten es bedingungslos hinnehmen. Und genau darin lag die Lust der Frauen: *in der totalen Unterwerfung*. Beherrscht zu werden war ein Privileg. Denjenigen unter ihnen, die ungehorsam waren, brachte man Gehorsam bei, diejenigen, die die Regeln mehrfach missachteten, wurden automatisch aus der Loge ausgeschlossen. Deshalb bemühten sich alle Frauen, die Regeln strikt einzuhalten. Und Ethan und die anderen Herren des Rates sowie auch Northwood achteten deshalb penibel darauf, dass sich das auch nicht änderte.

***

Anna reichte einem jungen Mann, der spärlich bekleidet war, ihre Eintrittskarte. Während der Mann einen Code, der sich auf der Rückseite der Eintrittskarte befand, in ein aufgeschlagenes Buch, das auf einem Pult vor ihm lag, eintrug, zweifelte sie plötzlich an ihrem Vorhaben. Sie hatte die Eintrittskarte gründlich untersucht, aber nichts deutete darauf hin, dass man sie irgendwem hätte zuordnen können. Nun schrieb aber genau dieser Mann irgendetwas in ein Buch, das sie nicht erkennen konnte. Sie wurde nervös. Im selben Moment, als sie beschloss, einfach kehrt zu machen und wieder hinauszustürmen, lächelte sie der Mann freundlich an und bat sie, ihm zu folgen. Sie erwiderte sein Lächeln und atmete erleichtert auf, weil man sie nicht entlarvt hatte. Ihre Selbstsicherheit kehrte auf einen Schlag zurück.

In der großen Eingangshalle war es Anna sofort aufgefallen. Es war unübersehbar. Alle Männer trugen graue Anzüge und verbargen ihre Gesichter hinter Masken. Die Frauen hingegen waren ausnahmslos in Rot gekleidet. Anna stach mit ihrem schwarzen, kurzen Kleid deutlich von der Masse ab. Nichtsdestotrotz folgte sie unbeirrt dem jungen Mann. Er ging ihr ein paar Schritte voraus und sprach kein Wort. Anna folgte ihm über einen langen Korridor zu einer Treppe, die in die oberen Räume des Herrenhauses führte. Die frivolen Skulpturen, die überall herumstanden, stachen ihr sofort ins Auge. Die meisten von ihnen hatten eine Erektion. Einige Figuren wurden sogar in eindeutiger Position mit anderen Figuren

15

dargestellt. Beschämt versuchte sie immer wieder ihren Blick auf etwas anderes zu richten. Doch die Gemälde an der Wand waren nicht viel besser. Ein Gemälde spiegelte sogar eine wilde Orgie wider. Anna überkam mit einem Mal eine unbändige Lust. Diese geballte Ladung an Gefühlen überwältigte sie regelrecht. Sie konnte es kaum noch erwarten, sich Mitten in das Sex-Getümmel zu stürzen. Endlich hatte sie die Chance, etwas richtig Aufregendes zu erleben. Ihr Slip wurde immer feuchter.

Vor einer massiven Holztür kamen sie zum Stehen. Der junge Mann öffnete die Tür und wies mit der Hand hinein. „Man wartet bereits auf dich."

Annas Herzschlag überschlug sich plötzlich und die Nervosität kehrte mit einem Schlag zurück. Sie wäre beinahe in den Raum hineingestolpert. Die ganze Situation war so aufregend für sie. Aber nicht nur das! Es erregte sie ungemein, nicht zu wissen, was als nächstes passierte.

Der Raum war sehr hoch. Sie war sich sicher, sich in der Bibliothek des Hauses zu befinden. Hinter einem massiven Schreibtisch saß ein Mann, dessen Gesicht hinter einer Maske versteckt war. Er hatte einen blonden Wuschelkopf und trug einen grauen Anzug. Schräg gegenüber vom Tisch befand sich ein Sofa, auf dem ebenfalls ein Mann saß. Auch er hatte eine Maske vor dem Gesicht und trug denselben Anzug. Er unterschied sich von dem anderen Mann nur insofern, dass sein Haar dunkelbraun war.

Niemand sonst befand sich in der Bibliothek. Ringsherum türmten sich hohe Regale. Sie waren alle vollgestopft mit Büchern. Vor den hohen Fenstern hingen rote Vorhänge. Der Wind, der durch die geöffneten Fenster wehte, wiegte die Vorhänge hin und her.

Anna blieb instinktiv an der Tür stehen.

***

Ethan und Northwood hatten gemeinsam in der Bibliothek darauf gewartet, dass Lucas den Eindringling zu ihnen führte.

Nun stand sie vor ihnen.

Ethan musterte sie aufmerksam. Sie gefiel ihm. Besonders ihre gute Figur und ihre lange Haarmähne sprachen ihn an. Er fand sie in dem kurzen Kleidchen ausgesprochen sexy. Und ihre unbeholfene Art reizte ihn sehr. Er erkannte daran, wie sie ihre Haarsträhne aus dem Gesicht strich, dass sie schüchtern sein musste. Schüchterne Frauen zu bändigen war seine Leidenschaft. „Setz dich.", sagte er zu ihr und wies mit der Hand auf einen Sessel, der vor seinem Schreibtisch stand.

Anna ging darauf zu und setzte sich. Den anderen Mann sah sie nun nicht mehr, weil er sich jetzt schräg hinter ihr befand. Aber seine Anwesenheit spürte sie deutlich. Ihr war fast so, als würden sich seine Augen regelrecht in ihren Rücken bohren. Mit rasendem Herzschlag saß sie vor Ethan und starrte ihn an. Seine dunklen Augen und sein großer Mund waren das Einzige, was sein verdecktes Gesicht preisgab.

Ethan ergriff nun das Wort. „Wir wissen beide, dass du eigentlich gar nicht hier sein dürftest. Die Eintrittskarte war nicht für dich bestimmt. Hab ich recht?"

Annas Kehle war so trocken, dass sie keinen Laut über die Lippen brachte. Stumm sah sie ihn an.

„Da du aber meine Neugier geweckt hast, gebe ich dir eine Chance, ein Mitglied meines Hauses zu werden. Wenn du bereit bist, bedingungslos zu akzeptieren, was ich für dich vorgesehen habe, bleibst du sitzen. Wenn du das nicht kannst oder wenn du es nicht willst, dann ist dort die Tür. Es steht dir frei zu gehen. Aber eines solltest du wissen: wenn du bleibst, dann gibt es kein zurück mehr. Hier gelten meine Regeln. Und wer nicht gehorcht, dem bringe ich es bei. Auf meine Art und Weise. Und? Bist du bereit? Oder ist das eine Nummer zu groß für dich?" Er lächelte sie an, doch sein Lächeln erreichte nicht seine Augen.

Seine Worte erregten Anna jedoch so sehr, dass sie das prickelnde Gefühl zwischen ihren Beinen fast nicht mehr ertrug.

Sie blieb sitzen.

„Ich sehe, du hast dich entschieden. Die erste Regel lautet: ich muss wissen, mit wem ich es hier zu tun habe. Also, wie heißt du? Und lüg mich nicht an!"

„Anna.", murmelte sie leise. Ihr rasender Herzschlag hatte sich immer noch nicht beruhigt. Ihre wachsende Geilheit war die einzige Gefühlsschwankung, die sie wahrnahm.

„Und weiter?"

Anna überlegte. Wenn sie ihn anlog, schloss man sie automatisch aus. Dann würde sie niemals in den Genuss der Orgie kommen. Sie würde nie erfahren, wie es wäre, sich seiner grenzenlosen Sexlust zu ergeben. Sie überlegte weiter. Sie fragte sich, ob ihr Chef davon erfuhr, wenn sie ihm jetzt ihren wahren Namen nannte. Unschlüssig darüber, was sie tun sollte, rutschte sie unbewusst auf dem Sessel hin und her.

„Lass mich nicht warten!" Seine Stimme klang forscher, als er es beabsichtigt hatte. Doch sie zeigte ihre Wirkung.

„Flenberg.", erwiderte sie leise. Jetzt war es raus. Egal, was jetzt passieren würde, sie wollte nicht mehr zurück.

„Du hast die erste Prüfung bereits bestanden.", sagte er mit einem Lächeln auf dem Gesicht. „Denn wir wissen bereits, wer du bist."

Anna sah ihn irritiert an. Sie wurde schon wieder nervös. Leichte Schamesröte breitete sich über ihrem Gesicht aus.

„Also, Anna, ich muss mich jetzt natürlich selbst davon überzeugen, ob du für das Wohl aller anderen zu gebrauchen bist. Bevor ich dich auf meine Logen-Mitglieder loslasse, muss ich deine Qualitäten auf eine harte Probe stellen. Bist du bereit?"

Sie nickte.

„Also gut, dann steh jetzt auf und beug dich über den Tisch!"

Anna zögerte nur für einen kurzen Moment, dann erhob sie sich und beugte sich über den Tisch. Dabei rutschte ihr Kleid fast bis zu ihren Pobacken hoch und gab ihren Slip frei. In ihrer Aufregung hatte sie nicht bemerkt, dass sich der andere Mann erhoben hatte und langsam auf sie zuging. Plötzlich spürte sie seine Hände auf ihrem Hintern. Sie ruhten auf ihr wie ein lauerndes Tier. Gebannt sah sie Ethan in die Augen, bereit sich den beiden willenlos auszuliefern.

„Du bist folgsam, Anna. Das gefällt mir." Er richtete seinen Blick auf Northwood. „Fick sie jetzt!"

Anna spürte, wie sich bei Ethans Worten ihr Lustsaft in ihrem Höschen sammelte. Und dann fuhr ihr Northwood mit den Händen zwischen die Beine. Sie fühlte, wie er ihr den Slip herunterzog. Immer fester rieb er mit seiner Hand an ihrer Möse. Grenzenlose Lust übermannte sie auf einen Schlag und aus ihrer Kehle drang ein leises Stöhnen. Sie sah Ethan mit einem lüsternen Blick in die Augen und genoss Northwoods Hände auf ihrem Geschlecht.

„Ist sie rasiert?", fragte Ethan.

Northwood nickte.

„Das ist gut."

Annas Lust stieg ins Unermessliche. Allein Northwoods unsittliche Berührung löste so viele Gefühle in ihr aus, die Edgar in der ganzen Zeit nicht ein einziges Mal bei ihr ausgelöst hatte. Und dann fühlte sie seinen steifen Penis zwischen ihren Schenkeln. Er war groß, dick und hart. Fest rieb sich Northwood an ihr. Niemals hätte er es für möglich gehalten, so schnell in den Genuss zu kommen, sie zu vernaschen. Sie war immer so abweisend und so reserviert zu ihm gewesen, hatte seine Annäherungsversuche einfach abgeblockt; deshalb sah er sich auch gezwungen, sie zu demütigen. Schließlich hatte sie ihn in seiner männlichen Eitelkeit verletzt. Er konnte nicht verstehen, dass ihm fast alle Frauen zu Füßen lagen und sie sich bedingungslos von ihm hatten benutzen lassen, nur die eine nicht, die seine Neugier in dem Moment geweckt hatte, als er sie das erste Mal in seiner Agentur sah.

Das Gefühl, sie nun zu beherrschen, auch wenn sie nicht wusste, dass er es war, der an ihrer Scham rieb, war unbeschreiblich.

Ethan ließ dieser Anblick ebenfalls nicht kalt. Sein Penis regte sich in der Hose und wurde innerhalb weniger Sekunden so steif, dass sein Schwanz beim Öffnen des Hosenschlitzes förmlich heraussprang. Kräftig rieb er an seiner Vorhaut und betrachtete fasziniert Annas lustverzerrtes Gesicht.

Anna kreiste lustvoll ihren Unterleib. Die ganze Situation erregte sie so sehr, dass sie es kaum noch aushielt. Und dann war es endlich so weit. Sie fühlte Northwoods dicke Eichel zwischen ihren Schamlippen. Kraftvoll drängte sie sich immer weiter in die Öffnung hinein. Und dann spürte sie, wie er sie vollkommen ausfüllte. Die Anspannung entlockte ihr abermals ein leises Stöhnen. Langsam zog sich Northwood aus ihr heraus. Langsam drang er wieder in sie ein. Und dann wieder: Raus. Rein.

Annas laszives Stöhnen durchdrang den Raum. Und dann konnte sich Northwood nicht mehr beherrschen. Er begann sie gnadenlos zu rammeln. Seine Stöße hatten eine solche Intensität, dass sie immer wieder fest gegen den Tisch gepresst wurde. Instinktiv schloss sie die Augen. Sie hörte nur noch dumpf Ethans Stimme, spürte aber Northwoods gewaltige Stöße umso mehr, der hinter ihr stand und sich immer kraftvoller in ihr bewegte. Es raubte ihr den Atem. Anna ergab sich bedingungslos ihrer und seiner Lust.

„Ist ihre *Fotze* eng?", fragte Ethan mit zittriger Stimme. Der Drang, diese Frau endlich zu vögeln, um sich selbst von ihren Fähigkeiten zu überzeugen, war überwältigend.

Northwood nickte kurz und rammelte Anna unbeirrt weiter.

Ethan wuchtete sich aus dem Sessel und ging eiligst um den Tisch herum. Northwood musste ihm nun den Vorzug überlassen. Er zog sich aus ihr zurück.

Annas Möse zuckte vor Erregung. Als sich Northwood plötzlich aus ihr zurückzog, schlug sie automatisch die Augen auf. Ethan saß nicht mehr vor ihr. Ehe es ihr so richtig bewusst wurde, dass sich nun auch er von ihren Qualitäten überzeugen wollte, spürte sie schon sein steifes Glied zwischen ihren Schenkeln. Es fühlte sich anders an. Es war zwar ein bisschen schmäler, dafür aber wesentlich länger. Ihre Erregung erreichte den Höhepunkt, als Ethan zusätzlich noch mit seinem Finger ihre Rosette stimulierte. Doch dann kam ihm eine weitaus bessere Idee.

Eine kleine Messingfigur stand schräg gegenüber vom Haustelefon auf dem Tisch. Es war ein Fuchs mit einem äußerst langen Fuchsschwanz. Mit dem Fuchsschwanz hatte Ethan schon viele Frauen und Männer beglückt. Er nahm die Figur in die Hand und befeuchtete mit seinem Speichel Annas Pospalte. Er verrieb seine Spucke sanft mit seiner Hand. Langsam schob er ihr den Fuchsschwanz in den Anus. Immer tiefer drang er ein. Der Druck in ihrem Unterleib nahm zu, ihre Lustschreie wurden immer lauter. Ethan beugte sich dicht über sie und flüsterte ihr leise zu: „Macht dich das geil?"

Anna entwich ein leiser Seufzer. Sie nickte zwar, aber es zerriss sie schier. Ethan drang nicht weiter vor. Er war überzeugt davon, dass es fürs Erste genug war. Er wollte sie am ersten Abend nicht gleich überfordern. Langsam bewegte er sich wieder in ihr. Sie spürte die Gewalt und den Druck seines Körpers ganz intensiv. Seine Stöße waren zuerst nur schwach, doch dann wurden sie immer kräftiger. Er rammelte sie erbarmungslos. Ihr laszives Stöhnen stachelte ihn an, es ihr richtig gut zu besorgen. Und dann sank er mit ihr zu Boden. Auf allen vieren presste sie ihren Hintern fest gegen seine Lenden, um ihn noch tiefer in sich aufzunehmen.

Northwood hingegen kniete sich vor Anna nieder und drückte ihren Kopf fest gegen sein Geschlecht. Anna war ihm nun so nah, sie konnte ihren Lustsaft darauf riechen, der immer noch daran haftete. „Leck seinen Schwanz sauber!", hörte sie Ethan rufen, der sie immer noch hart herannahm. In ihrer Geilheit öffnete sie bereitwillig ihren Mund, denn der Drang zu gehorchen, war immens groß. Sie sah zu Northwood auf, dann leckte sie über seine Vorhaut, saugte an seiner Eichel, biss in sein hartes Fleisch. Anna wurde immer wilder. Niemals hätte sie es für möglich gehalten, eine solche

Sexlust zu verspüren, wenn sie wie ein Luder auf dem Boden kniete und sich in die Rolle einer Lustsklavin begab. Noch nie war ihr eine derartige sexuelle Erfüllung während eines Sexspiels widerfahren wie in diesem Moment. Es war das höchste ihrer Gefühle. Zwei Männer zu vögeln, die sie weder kannte, noch ihre Gesichter sah, machte sie unendlich scharf. Sex lediglich als reines Vergnügen außerhalb einer festen Partnerschaft zu betrachten, steigerte ihre Lust von Sekunde zu Sekunde.

Anna rang nach Luft, denn Northwoods steifer Penis raubte ihr den Atem. Dennoch ließ sie es zu, dass er ihren Mund als Lustobjekt missbrauchte.

Derweil rammelte Ethan mit voller Inbrunst seine neue Lustsklavin und kostete all ihre Vorzüge aus. Seine Hoden klatschten immer fester gegen ihre Lustzone. Die kleine Messingfigur stand schon längst wieder an ihrem Platz.

Anna wurde immer wilder. Die Maßlosigkeit der drei war unbeschreiblich. Und dann spürte sie ihren Höhepunkt herannahen. Sie kam. Schrie. Doch es war anders als alle Orgasmen, die sie bisher gehabt hatte. Ihr Becken zuckte. Es hörte gar nicht mehr auf. Das Zucken hielt immer noch an. „Was ist denn das?", fragte Anna verwundert und wand sich lustvoll unter den wollüstigen Empfindungen. Der Orgasmus hielt noch immer an. Es war überwältigend! Lüstern leckte sie sich mit ihrer Zunge über die Lippen.

„Was hat sie denn?", fragte Ethan überrascht. Anna wand sich wie eine Schlange unter ihm, hielt die Augen geschlossen und grinste in aller Ruhe in sich hinein.

Northwood schüttelte den Kopf. „Keine Ahnung, aber es sieht mir fast nach einem Multiorgasmus aus.", sagte er leise.

Anna schlug die Augen auf und sah ihn an. *Seine Stimme! Sie kannte sie irgendwoher. Aber woher nur?*

„Ein *so langer?*", fragte Ethan verwundert. „Aber ich steck doch gar nicht mehr in ihr drin. *Verdammt, Mann,* muss ich gut sein!" Er strich mit seiner Hand über Annas Lustzone und vergrub seinen Finger in ihr, um ihren *Multiorgasmus* zu schüren. „Dein *Multipler* wird noch viel besser, wenn du meinen Saft schluckst, während ich dich fingere!", hauchte er ihr zu.

Northwood lächelte zufrieden und zog Anna zu sich hoch. „Du bist ein richtig *geiles Luder!*", sagte er und küsste Anna stürmisch auf den Mund. „Und jetzt sei brav und schluck alles!" Er presste ihren Kopf hinunter und entlud sich. Langsam, quälend langsam ebbte der Orgasmus ab. Anna hatte nicht einmal einen Namen für das, was mit ihr gerade geschehen war. Sie wusste nur, dass sie darauf nie wieder verzichten wollte. Noch nie hatte sie einen derartigen Orgasmus gehabt, der die Ewigkeit zu überdauern schien. Zumindest *gefühlt! Was für ein Multipler!*

Anna war sexuell so ausgehungert, dass sie den unbändigen Drang verspürte, all die verlorenen Jahre innerhalb einer einzigen Nacht nachholen zu wollen. Gierig schluckte sie das Sperma der Männer, als sich die beiden über ihr ergossen.

Als Ethan fürs Erste mit ihr fertig war, rief er Lucas zu sich und befahl ihm, Anna Flenberg für das bevorstehende Sexgelage vorzubereiten. Sie sollte den Logen-Mitgliedern im Ballsaal vorgeführt werden.

Anna fühlte sich vollends befriedigt und folgte Lucas mit einem breiten Grinsen im Gesicht aus der Bibliothek hinaus.

∗∗∗

Anna sah sich neugierig in diesem luxuriösen Marmorbad um, das von der Größe her einem Schwimmbad ähnelte. Es war mindestens zweimal so groß wie die Bibliothek und sehr edel eingerichtet. Sogar die Wasserhähne waren vergoldet. Sie hatte so etwas bisher noch nicht gesehen. Lucas hatte bereits die Badewanne vollaufen lassen. „Für dich." Er deutete auf die volle Wanne.

Anna entkleidete sich und stieg folgsam hinein. Sie war noch nicht einmal überrascht, dass sie von Lucas gewaschen wurde. Zärtlich rieb er mit einem Schwamm über ihre Haut. Als er sie zwischen den Beinen wusch, fühlte sie erneut eine heftige Erregung. Lucas' Gesichtsausdruck verriet ihr, dass er Spaß daran hatte, sie zu waschen. In ihrer Gier, hätte sie sich gerne von seiner Hand zum Orgasmus massieren lassen. Aber bevor sich der Gedanke festigen konnte, zog er die Hand auch schon wieder zurück. Als Anna aus der Wanne stieg, rubbelte er sie mit einem weißen Handtuch trocken. Und dann legte er ihr ein Halsband aus schwarzem Leder um den Hals, das mit kleinen Brillantsteinen besetzt war. Sie wehrte sich nicht dagegen, denn sie hatte Ethan ja bedingungslosen Gehorsam gelobt. Neue Kleidung bekam sie keine. Das Halsband war das Einzige, was sie am Körper trug.

Lucas führte sie nun an der Leine durch einen schmalen Korridor in die unterste Etage. Annas Unterleib war vor Aufregung immer noch sehr angespannt und sie spürte ein leichtes Zucken im Genitalbereich.

Beide betraten eine große Kammer, in der sich verschiedene Gerätschaften und fragwürdige Instrumente befanden, mit denen Anna nichts anfangen konnte. Peitschen und Fesseln waren ebenfalls darunter. Sie waren an einer Vorrichtung an der Wand befestigt. Lucas ging mit ihr auf einen runden Metalltisch zu, der auf einer Art Fahrgestell stand. Auf der Tischplatte waren vier Eisenringe befestigt, an denen winzige Gürtelschnallen hingen. Er bat Anna, hinaufzuklettern und die Stellung eines Hundes einzunehmen.

Sie gehorchte.

Nun band er sie an den Eisenringen fest. Er nahm ihr die Leine ab, und schob den Tisch in einen gigantischen Käfig, unter dem sich ebenfalls ein rollendes Fahrgestell befand. Der Käfig erinnerte Anna an einen riesigen Vogelkäfig. Die Gitter waren aus Edelstahl. Annas Herz schlug immer schneller, aber nicht aus Angst. Sie war schon wieder mächtig geil! Die ganze Situation versetzte sie in einen regelrechten Sexrausch. Alles war so geheimnisvoll. Alles so neu für sie. Kniend auf allen vieren wirkte sie im Käfig wie eine lebendige Statue. Lucas holte zwei Pfropfen aus Gummi aus einer Truhe heraus, die in der Ecke stand. Die Pfropfen hatten die Form eines Pilzes. Einen Pfropfen führte er sanft in die Öffnung ihrer Scheide ein, bis der Stiel tief in ihr steckte und nur noch der Kopf herauslugte, den anderen Pfropfen schob er behutsam in ihren After. Anna spürte, wie die frivolen Gegenstände sie vollkommen ausfüllten, und ein wohliges Kribbeln durchfuhr ihren Unterleib.

„Warum hast du das gemacht?", fragte sie leise.

„Das soll den Lustsaft zurückhalten, wenn du geil wirst.", erwiderte er und überprüfte nochmals die Fesseln.

„Zurückhalten?" Sie sah ihn fragend an.

„Ja. Du bist jetzt ein neues Mitglied der Loge. Du wirst heute im Ballsaal zur Schau gestellt... das heißt, du darfst nur zuschauen, wenn die anderen sich vergnügen... Das ist immer so bei Neulingen. Damit deine Lust gebändigt wird, sollte ich deine Löcher mit diesen Pilzen verschließen. Sie sagen, das dämpft ein wenig deine Geilheit... denn geil wirst du bestimmt, wenn du das Sextreiben der anderen siehst. Aber, wenn du mich fragst, ich glaube nicht, dass es was hilft. Ob es so ist, weiß ich natürlich nicht."

Anna konnte ihre Enttäuschung nicht verbergen. Sie wurde also vom wilden Treiben der Orgie ausgeschlossen. Zumindest am heutigen Abend. Damit hatte sie nicht gerechnet. Sie war jetzt schon so geil, wie sollte sie nur diesen Abend überstehen, wenn es ihr niemand besorgen würde? *Obwohl Ethan und Northwood ihr einen Multiorgasmus beschert hatten, sehnte sie sich nach weiteren feuchten Höhepunkten!*

„Schau nicht so traurig.", sagte er und klatschte ihr sanft auf den Hintern.

„Bitte, besorg's mir, sonst überlebe ich den heutigen Abend nicht.", bettelte sie leise.

Lucas dachte kurz nach. Ihr Angebot war sehr verlockend.

Sie würde ihm sicherlich kein zweites Mal mehr ein solches Angebot unterbreiten. Denn so wie es aussah, wusste sie anscheinend noch nicht, dass es Dienern nicht erlaubt war, sich mit Logen-Mitgliedern zu vergnügen. „Aber zu niemandem ein Wort!" Anna nickte. „Ich werde dich nicht verraten. Es bleibt auf ewig unser Geheimnis." Sie hätte ihm alles versprochen, nur damit er sie befriedigte. Sie hielt es ja jetzt schon kaum noch aus. Sie wollte nicht, so geil wie sie war, beim wilden Treiben der anderen noch geiler werden. Denn das wäre sicherlich sehr qualvoll für sie geworden.

Lucas eilte schnell zur Tür und schloss sie leise. Dann ging er rasch zum Käfig zurück. Er zog ihr die Pfropfen wieder heraus und beugte sich dicht über sie. Ohne zu zögern, leckte er sie mit der vollen Breite seiner Zunge. Er zog kleine Kreise mit seiner Zungenspitze, lutschte kräftig an ihren dicken Schamlippen und drang zärtlich in sie ein. Anna stöhnte lasziv. Das war mehr, als sie sich erhofft hatte. Lucas hatte eine wirklich überaus geübte Zunge.

„Leck mich härter... bitte...", bettelte sie und presste ihm ihr Geschlecht noch fester gegen sein Gesicht.

Plötzlich hörte Lucas abrupt auf. Er hörte Schritte. Schnell steckte er ihr die Pfropfen wieder in beide Öffnungen und schob den Käfig zur Tür hinüber. Im selben Moment betrat Northwood die Kammer. Er rief Lucas zu sich und flüsterte ihm etwas zu.

Völlig unbefriedigt wurde Anna nun aus dem Raum hinausgeschoben.

Northwood folgte den beiden.

***

Eine spärlich bekleidete junge Frau öffnete die großen Flügeltüren und Lucas schob Anna in den pompösen Ballsaal hinein. Unter einem gigantischen Kronleuchter platzierte er den Käfig und zog sich diskret wieder zurück.

26

Der Ballsaal hatte etwas Magisches an sich. In der glänzenden Oberfläche des weißen Marmorbodens konnte man sich spiegeln. Auf der gesamten Deckenfläche waren Spiegel angebracht, und hinter den dunkelroten Vorhängen lagen die hohen Fenster des Saals verborgen. Ringsherum standen zahlreiche Sessel und schmale Sofas. Davor befanden sich einige flache, runde Tische. Der mittlere Bereich des Saals war sogar mit roten Kissen ausgelegt. Der ganze Raum hatte etwas Anrüchiges an sich und egal, wohin man sah, überall gab es nacktes Fleisch und ein wildes Gerammel. Es roch nach intensivem Sex. Der Duft von Sperma und Mösensaft lag in der Luft.

Anna war überwältigt. Die Orgie war schon in vollem Gange. Das Stöhnen der Frauen sowie die brünstigen Laute der Männer klangen in Annas Ohren buchstäblich wie Musik. Mit einem Sex-Gelage solchen Ausmaßes hatte sie nicht gerechnet. Egal, wohin sie ihren Blick richtete, überall trieben sie es wie die wilden Tiere. Hier wurde wirklich jedes Tabu gebrochen! Die Lust übermannte sie aufs Neue. Sie war so geil und sehnte sich nach einem erlösenden Orgasmus. Doch ihr war klar, dass sie ihn vom Zusehen allein nicht bekam. *Wie sollte sie nur diesen Abend überstehen?* Während sich die anderen ihrer Lust hingaben und einen Orgasmus nach dem anderen bekamen, sollte sie völlig leer ausgehen. Anna war verzweifelt.

Einige Logen-Mitglieder warfen ihr zwar neugierige Blicke zu, doch so wirklich beachtet wurde sie nicht. Jeder von ihnen wusste, dass ein Neuling am ersten Abend nicht als Sex-Objekt benutzt werden durfte und in seinem Käfig lediglich zur Schau gestellt wurde. So wirklich interessant war das nicht. Daher wollte man sich Anna erst auf der nächsten Orgie widmen. Denn jetzt durfte man an ihrem geilen Nektar sowieso nicht kosten.

Genau vor ihrem Käfig postierte sich eine kleine Gruppe, die aus einem Mann, einer Brünetten, einer Blonden und einem Rotschopf bestand. Die drei Frauen scharrten sich um den Mann und leckten abwechselnd an ihm, bis sich die Brünette mit weit gespreizten

27

Beinen auf den Rücken legte. Die Blonde machte sich sofort über ihre Möse her. Sie leckte hart über ihre Falten und fuhr mit dem Finger ihre Spalte auf und ab. Ihren Hintern streckte sie weit in die Höhe. Der Mann kroch hinter sie und rieb sich an ihr. Dann drang er in sie ein. Abwechselnd widmete er sich nun ihrem Fötzchen und ihrem süßen Po. Analverkehr war in diesem Getümmel nichts Besonderes mehr. Nur für Anna war es eine neue Erfahrung gewesen. Die Rothaarige ging über dem Gesicht der Brünetten in die Hocke. Anna konnte jede Einzelheit deutlich erkennen: Die Zunge der Brünetten, die über die Schamlippen der Rothaarigen leckte, ihre Finger, die fest an ihr zogen und sich tief in das Innere der Scheide bohrten, sie sah sogar ihre Zähne, die zärtlich in das wollüstige Fleisch bissen. Anna sah an dem Gesichtsausdruck der Rothaarigen, dass ihr diese Behandlung äußerst gut gefiel. Das Mädchen mit der blonden Mähne hingegen hatte ihre Mühe damit, die Intensität der kraftvollen Stöße des Mannes mit den Händen aufzufangen. Immer fester wurde ihr Gesicht gegen die Scham der Brünetten gepresst. Bei jedem erneuten, gewaltigen Stoß tauchte sie noch tiefer in ihre Lustzone ein. Alle vier gaben sich zügellos ihrer Lust hin. Sie präsentierten Anna ihre Geilheit in vollen Zügen.

Anna wendete den Blick ab und sah woanders hin. In der gegenüberliegenden Ecke hatte man eine Japanerin auf die gleiche Art und Weise an den Tisch geschnallt wie sie. Mehrere Männer standen ringsherum. Während einer der Männer den knackigen Po der Japanerin mit seinen Händen und seinem Mund bearbeitete, leckte sie einem anderen Mann, der direkt vor ihr stand, die Eichel und saugte regelrecht an seinem besten Stück, das wie eine Eisenstange von seinem Körper abstand. Nach ein paar Minuten wurde der Tisch gedreht und ein anderer Mann kam in den Genuss, sich voll und ganz dem Fötzchen oder dem prallen Hintern der Japanerin zu widmen. Ihren süßen Mund missbrauchten diese Männer aber ausschließlich als Lusthöhle, in die sie begierig eintauchten, um sich die nötige Befriedigung zu verschaffen. Die

Japanerin lutschte gierig an ihnen. Sie nannten sie *Hure, Luder, Schlampe* und je lauter sie stöhnte und je härter sie gerammelt wurde, desto ausfallender wurden die Beschimpfungen. Immer wieder bekam sie eine volle Ladung Sperma ab. Manche Männer bevorzugten es, sich auf ihrem Po zu entladen, um ihren Hintern mit ihrem Saft zu zeichnen, manche von ihnen sahen ihr dabei aber lieber in die Augen. Einige von ihnen bearbeiteten ihren Anus, andere wiederum ihre Vagina. Sie diente jedem einzelnen von ihnen, der sie benutzen wollte, mit all ihren engen Öffnungen als Sexsklavin.

Eine andere Gruppe bearbeitete gerade eine junge Frau, die mit ausgestreckten Armen an einem Seil hing, das an der Decke befestigt war. Ihr langes, schwarzes Haar bedeckte ihren halben Rücken. Ein Mann, der direkt hinter ihr stand, schlug sie mit einer langen Peitsche. Das Surren der Peitsche in der Luft war deutlich zu hören, wenn sie auf die Frau niedersauste. Wenn das weiche Fleisch getroffen wurde, zuckte die Frau zusammen und stieß einen leisen Schrei aus. An ihrem Gesicht konnte Anna reine Verzückung erkennen. Die Frau schien sich nach diesen Schmerzen zu sehnen; sie schien völlig in ihrer Lust aufzugehen, wenn die Peitsche erneut über ihr niederging. Ihre Lustschreie hallten durch den Saal.

Schräg gegenüber von Annas Käfig wurde eine hübsche Brünette, die bestimmt nicht älter als achtzehn war, von ein paar Männern hart herangenommen. Mehrere Dildos in unterschiedlichen Größen lagen auf dem Tisch. Egal wie groß der Dildo war, den man in sie einführte, ihr Loch zog sich bereitwillig auseinander und ihre kleinen Schamlippen umschlossen diesen frivolen Gegenstand. Das entzückte Gesicht des zügellosen Mädchens verriet Anna, dass es ihr unbändige Lust bereitete. Ihr verruchter Blick und ihre verzückten Lustschreie lockten noch weitere Männer an.

Neben dieser Gruppe wälzte sich eine Frau auf dem Sofa und spreizte ihre Beine so weit wie möglich. Ein Mann, der vor ihr kniete, fingerte mit seinen Händen an ihrer Scham herum. Doch plötzlich zog er sich einen Gummihandschuh über. Gebannt starrte Anna auf die zwei, gespannt, was nun folgen sollte. Der Mann zog an den dicken, langen Schamlippen der Frau und weitete mit zwei Fingern ihr Loch. Langsam drang er mit beiden Fingern in sie ein. Er zwängte noch den dritten und den vierten Finger hinein. Nur noch der Daumen befand sich außerhalb. Das laute, verzückte Stöhnen der Frau war unüberhörbar. Es dauerte nicht lange und er zwängte auch noch seinen Daumen in die enge Öffnung. Behutsam drang er mit seiner Hand immer tiefer in sie ein. Sie kreiste lustvoll ihr Becken und stützte nun ihre Beine über seiner Schulter ab. Es schien ihr zu gefallen, von seiner Faust gefickt zu werden.

Vor einem hohen Fenster am Boden tummelten sich zwei junge Frauen. Sie nahmen die Hundestellung ein und standen sich genau Po an Po gegenüber. Anna sowie einige Lustmolche richteten gebannt den Blick auf sie. Ein Mann reichte der blonden Schönheit einen Stab, der auf beiden Enden wie ein steifer Schwanz geformt war. Das blonde Mädchen führte den Dildo langsam zur Hälfte in sich ein. Nur noch die andere Hälfte des Dildos lugte aus ihrer Scheide heraus. Auf allen vieren kniete sie am Boden und presste ihren Po gegen den Hintern ihrer Gespielin, die bereitwillig die andere Hälfte des Dildos in sich aufnahm. Nun waren sie beide mit diesem Stab verbunden. Angefeuert von den Männern rammelten sie sich gegenseitig wie wilde Tiere. Das laute Klatschen ihrer vollen Pobacken, wenn sie aufeinander prallten, schürte das innere Feuer eines jungen Mannes, der sich nur mit dem alleinigen Betrachten dieses grandiosen Gerammels nicht mehr zufrieden gab. Er ließ sich vor dem blonden Mädchen auf die Knie fallen und streckte ihr seinen steifen Penis vors Gesicht. Zügellos lutschte sie nun an ihm, während ihr praller Hintern immer wieder auf den ihrer Gespielin knallte. Die Lust, die sie dabei empfand, wenn der harte Stab immer wieder aufs Neue tief in sie eintauchte, konnte man ihrem schönen Gesicht ansehen. Und dann spritzte der junge Mann ab und ließ sie alles schlucken. Gierig leckte nun das kleine Luder an ihm, bevor der nächste Mann an die Reihe kam, um sich an ihrem Schmollmund zu vergehen. Die brünstigen Laute, das laszive Gestöhne und die anfeuernden Zurufe waren unüberhörbar.

Neiderfüllt betrachtete Anna das Sex-Spektakel um sie herum. Ihre Gefühle schlugen Purzelbäume. Sie hätte niemals gedacht, was für ein unbändiges Verlangen man verspürte, wenn man andere beim Sex beobachtete. Sex in Gruppen war das Geilste, was sie jemals erlebt hatte. Von ihrer eigenen Lust angetrieben, kreiste sie ihr Becken; doch es brachte ihr nicht die erhoffte Befriedigung. Anna litt fürchterlich darunter, sich nicht ebenso in dieses Sex-Getümmel stürzen zu können, wie all die anderen in diesem Saal. Es war für Anna einerseits das geilste Erlebnis, andererseits aber auch das qualvollste.

Northwood war der Einzige, der seinen Blick von Zeit zu Zeit auf den Käfig richtete. Er konnte ihrem Gesicht ansehen, dass sie sich nach Befriedigung sehnte. Während er Chloe vögelte, malte er sich bildlich aus, was er mit Anna im Laufe der Zeit noch so alles anstellen würde. Und seine Fantasie war grenzenlos. Er beugte sich dicht über Chloe und leckte genüsslich an ihrem Ohrläppchen. „Ich kann es kaum erwarten, dass du sie leckst, während ich dich in den Arsch ficke.", raunte er ihr leise zu. Seine Stimme bebte vor Erregung.

***

Anna lag wach im Bett. Die Bilder, die sie während der Orgie aufgefangen hatte, spielten sich immer wieder vor ihrem inneren Auge ab. Als das Spektakel vorbei gewesen war, musste sie noch ganze zwei Stunden lang in dem Käfig verweilen, ehe man sie dort herausgeholt hatte. In jener Nacht wurde sie von keinem Ratsmitglied mehr befriedigt. Man hatte sie einfach – *so geil wie sie war* – fortgeschickt, ohne nähere Details wie Adresse von ihr zu fordern. Schnell war sie aufgebrochen, aber sie war nicht auf direktem Wege zurück in die Stadt gefahren, sondern sie hatte in einer Parkbucht nicht weit vom Landgut entfernt angehalten, um zu onanieren. Erst nach dem erlösenden Orgasmus war sie Richtung London weitergefahren. Sie hoffte sehr, dass die nächste Orgie bald stattfinden würde, denn man hatte sie ohne jegliche Informationen einfach gehen lassen.

Und nun konnte sie nicht einschlafen. Sie dachte schon wieder an die Orgie. Und jedes Mal, wenn ihr der Gedanke durch den Kopf schoss, wurde sie aufs Neue scharf. Der unbändige Drang, es sich dann selbst zu besorgen, war überwältigend. Anna wälzte sich im Bett hin und her. Erst in den frühen Morgenstunden schlief sie völlig übermüdet ein. Das laute Dröhnen des Weckers riss sie unsanft aus ihrem unruhigen Schlaf.

***

Northwood hatte verdammt gute Laune. Das war Anna sofort aufgefallen, als sie am Morgen das Büro betrat. Er war schon vor ihr da. Das kam äußerst selten vor.

Der Tag verlief sehr ruhig und Northwood hatte sich ausnahmsweise Mal nicht an ihr ausgelassen. Anna kam nicht ein einziges Mal der Gedanke, er könnte ebenfalls auf der Orgie gewesen sein. Sie war bei dem ganzen *Logen-Mitglieds-Kram* noch nicht so richtig durchgestiegen. Eines wusste sie aber genau: Ohne Eintrittskarte wäre er bestimmt nicht hineingekommen. Zumindest war sie in ihrer grenzenlosen Naivität fest davon überzeugt.

Am Nachmittag kamen ein paar Geschäftsleute in die Agentur, die Anna zuvor noch nie gesehen hatte. Ihr war aber sofort aufgefallen, dass sie alle dieselben grauen Anzüge trugen, die die Männer auf der Orgie ebenfalls getragen hatten. Sie grinste heimlich in sich hinein, weil sie es lediglich für einen Zufall hielt. Als sie die Herrschaften ins Besprechungszimmer geleitet hatte, ging sie

32

geradewegs in Northwoods Büro, um sie bei ihm anzumelden. Er hatte ihr von diesem Termin schon am Morgen erzählt.

Und da stach es ihr plötzlich ins Auge.

Auch ihr Chef trug so einen grauen Anzug. Das hatte sie den ganzen Tag lang nicht bemerkt, weil sie mit ihren Gedanken immer wieder woanders war. Die Orgie beschäftigte sie ohne Unterlass. Ein wenig verdutzt ging sie auf ihren Arbeitsplatz zurück.

Nur zwei Minuten später, nachdem ihr Chef das Besprechungszimmer betreten hatte, rief er sie übers hausinterne Telefon zum Diktat.

Anna griff nach einem Block und nach einem Bleistift und machte sich auf den Weg zu ihm. Sie betrat leise das Besprechungszimmer, um die Teilnehmer nicht zu stören. Als sie die Tür hinter sich schloss und in die Runde blickte, blieb ihr fast das Herz stehen.

Alle Männer, die um den runden Besprechungstisch saßen, hatten plötzlich Masken auf. Anna erkannte sie sofort wieder. Es waren dieselben Masken, wie sie sie auf der Orgie gesehen hatte. Sogar Northwood trug solch eine Maske. Sie hatte ihn sofort an seinen großen Händen und an seinen Gesichtszügen um die Mundwinkel herum erkannt. Anna begriff sofort. Ein lüsternes Lächeln umspielte ihre Lippen. Sie wusste ganz genau, was sie nun erwarten sollte. Instinktiv sperrte sie das Besprechungszimmer von innen ab, ließ den Stenoblock samt Stift fallen und entkleidete sich langsam unter den gierigen Blicken der Ratsmitglieder.

Erst als sie sich völlig nackt auf den Besprechungstisch gelegt hatte und die Beine spreizte, erhob sich Northwood von seinem Stuhl. Er ging auf sie zu, zog sie an den Beinen zu sich heran und öffnete seinen Hosenschlitz. Sein steifes Glied sprang förmlich aus der Hose. „Ich wusste vom ersten Tag an, *dass in dir ein geiles Luder steckt!*", sagte er lachend und rammte sich in sie hinein.

Und nun erhoben sich auch die anderen Ratsmitglieder, um Annas Aufnahme in die Loge zu besiegeln.

Luder!

Kate Steel war nicht so wie andere Mädchen in ihrem Alter. Sie träumte von wilden Sexorgien, während die anderen von Liebe sprachen. Aber sie träumte nicht nur von zügellosem Sex, sondern sie praktizierte ihn auch. Schon recht früh hatte sie angefangen, sich für Männer zu interessieren, um ihre wilden Träume wahr werden zu lassen. Und mit einem einzigen Mann gab sie sich nicht zufrieden. Sie fand die vollendete Befriedigung nur darin, sich immer wieder neue Opfer zu suchen, die sie beherrschen konnte. Und die Männer lagen ihr zu Füßen, wenn sie einmal in ihre Fänge gerieten. Kate brauchte sie zum Leben wie andere Frauen die Luft zum Atmen. Am liebsten trieb sie ihre Sexspielchen mit älteren Männern, die sie in Swingerclubs aufriss, oder aber sie vergnügte sich mit jungen Männern, die sie regelmäßig in Clubs, die sie heimlich besuchte, abschleppte. Die meisten davon schmuggelte sie einfach auf ihr Zimmer, obwohl es strikt gegen die Internats-Hausordnung verstieß. Aber das war ihr egal. Regeln zu brechen war nur eine ihrer Leidenschaften. Kate hatte bereits im Frühjahr einen Weg gefunden, das Internat nach Belieben unbemerkt zu verlassen. Trotz ihrer nächtlichen, meist waghalsigen Eskapaden war sie bis zum heutigen Tage noch nicht erwischt worden. Niemand ahnte, was sich in ihrem Zimmer so alles abspielte, wenn die anderen Mädchen und das Lehrerpersonal schliefen. Nicht einmal Mr Richard wusste davon. Er war fest davon überzeugt, dass er der Einzige war, der dieses süße Mädchen vernaschen durfte.

Doch Kate hatte ganz andere Pläne mit ihm. Schon als sie ihn das erste Mal im Unterricht angesprochen hatte, hatte sie beschlossen, ihn zu umgarnen, bis er ihr aus der Hand fraß. Er war in ihren Augen nur eine Beute, mehr nicht. Liebe war bei ihr noch nie im Spiel gewesen, dafür war Kate zu schlau. Kate wusste, dass die

Liebe die Menschen blind machte, deshalb war das auch nie ein ernsthaftes Thema für sie. Und die Zügel wollte sie keinesfalls aus der Hand geben. Denn *Kate Steel* war ganz schön gewitzt. Keine war so raffiniert und berechnend wie sie. Sie spielte mit den Männern und hatte schon lange begriffen, wie man mit ihnen umzugehen hatte, wie man es anstellen musste, um alles von ihnen zu bekommen, was man wollte, oder sie gnadenlos ins Verderben zu stürzen. Das war auch einer der Gründe dafür, warum sie von ihren Eltern auf dieses Internat geschickt worden war. Kate hatte mit ihrem damaligen Klassenlehrer ein Verhältnis begonnen und ihre Eltern hatten durch einen unglücklichen Zufall davon erfahren. Bedauerlicherweise konnte ihn Kates Vater aber nicht anzeigen, da sie zum damaligen Zeitpunkt bereits volljährig war. Er verlor lediglich seinen Job. Die Schande, die sie aber durch ihr zügelloses Verhalten über die Familie gebracht hatte, war letztendlich Anlass dafür, sie von zu Hause fortzuschicken. Ihr Vater hielt den Aufenthalt in einem Internat für seine Tochter für das Beste und erhoffte sich, ihre Zügellosigkeit dadurch in den Griff zu bekommen. Er wollte ihr die Unzucht austreiben lassen.

Also hatte er sie kurzerhand auf ein Internat außerhalb von London geschickt, das für seine fromme Erziehung berüchtigt war. Zucht und Ordnung war hier oberstes Gebot. Jeglicher Kontakt zur Außenwelt war während der Schulzeiten strengstens verboten und Männerbesuche durfte man ebenfalls nicht empfangen. Während die anderen Schülerinnen ihre Abende damit verbrachten zu lernen, verbrachte Kate sie damit, ihrer Lieblingsbeschäftigung nachzugehen: *Sex ohne Tabu!* Und sie machte nicht einmal Halt vor ihren Lehrern. Als sie erkannte, wie praktisch es war, mit einem Lehrer zu vögeln, beschloss sie, sich ihre Noten nur noch zu erschlafen. Und so wurde sie schon nach nur kurzer Zeit die Musterschülerin schlechthin. Auch ihr Vater ließ sich täuschen und erhöhte zur Belohnung ihr Taschengeld, als er ihre Fortschritte sah;

35

schon allein deswegen wollte sie an diesem Zustand nichts mehr ändern.

***

„Gut machst du das… ja, kümmere dich um meinen Schwanz…", stöhnte Mr Richard leise, und zog mit seinen Händen Kates Kopf noch näher zu sich heran. Seine Finger vergrub er regelrecht in ihrer braunen, langen Mähne. Er genoss es sichtlich, von ihrem Mund verwöhnt zu werden. An diesem geilen Anblick ergötzte er sich sehr, denn für ihn gab es nichts Schöneres als ein junges Mädchen, das in ihrer gespielten Unschuld so rein und schön war wie Kate und doch so verrucht und verdorben wie ein Luder. Seine Fantasie war grenzenlos, und während sie ihn mit ihrem Mund liebkoste, stellte er sich vor, es wären zwei Mädchen anstatt nur einem, das ihm zu Füßen lag.

Kate knetete mit ihren Händen zärtlich an Richards Hoden und saugte an seiner Eichel, als wäre es ein großer Lutscher. Sie leckte mit ihrer Zunge darüber, rieb kräftig daran und ließ ihn dabei leise aufstöhnen. Denn leise mussten sie sein, damit sie niemand hören konnte, damit niemand sah, was hinter der verschlossenen Tür vor sich ging. Bereitwillig öffnete sie ihren Mund, um ihn noch tiefer in sich aufzunehmen. Die Sexgier hatte schon lange von ihr Besitz ergriffen und sie verspürte einen unbändigen Drang, sich zügellos ihrer Lust hinzugeben. Sie entzog sich ihm sanft und sah ihn verführerisch an. Ihr Wimpernschlag hatte schon viele Männer betört. Die Macht, die sie über sie besaß, wenn sie sie sexuell befriedigte, genoss sie in vollen Zügen. Mit einem verruchten Lächeln im Gesicht umspielte sie mit ihrer Zunge sein bestes Stück. Er wurde immer wilder. Mit den Zähnen kniff sie sanft in das zarte Fleisch. Er musste sich beherrschen, um nicht laut aufzuschreien. Wiederum sah sie zu ihm auf und lächelte ihn an. Sie hatte einen atemberaubenden Blick, hinter dem sie ihre ganze Verruchtheit verbarg, dafür aber ungeniert Unschuld und Tugend vortäuschte. Es machte ihr Spaß, mit ihm zu spielen. Und mehr als ein notwendiges Spiel war es für sie nie gewesen. Sie leckte abermals sanft über seinen Penis. In seiner vollen Größe stand er von Richards Körper ab und drängte förmlich darauf, liebkost zu werden. Immer kräftiger bewegte er seine Hüften auf und ab, immer tiefer schob er sich in sie hinein, immer zügelloser stieß er zu.

Noch bevor ihn der erlösende Orgasmus zu überrollen drohte, entzog er sich ihr sanft. „Stopp!", rief er ihr leise zu. „Dreh dich um, du kleines Luder. Ich will's dir jetzt von hinten besorgen." Er packte sie etwas zu grob an den Schultern und zog sie zu sich hoch. Die Gier auf ihre Möse und ihren süßen Hintern ließ ihn alles um sich herum vergessen. „Und ich bin mir sicher, es wird dir gefallen. So wie immer.", hauchte er ihr leise zu. Seine Stimme bebte vor Erregung und er brachte seine Worte kaum über die Lippen. Mit eisernem Griff zog er sie dicht an sich heran, küsste sie stürmisch, dann presste er ungestüm ihren Oberkörper auf das Lehrerpult, so dass sie nun mit dem Bauch über dem Pult lag.

Seine Augen glänzten vor Gier. Sein Verstand setzte aus. Er signalisierte ihm nur noch eines: *ich muss sie haben!* Richard fummelte unter Kates Röckchen an ihrem Slip herum und versuchte, ihn herunterzureißen. Doch er stellte sich etwas ungeschickt an. Er bekam ihn nicht so schnell von ihren Beinen. Er wurde immer unbeherrschter, immer zügelloser. Kates Slip war schon ganz nass, rieb zwischen ihren dicken Schamlippen hin und her. Sie fühlte seine großen Hände auf ihrem Geschlecht. Fest, schon fast zu grob, rieb er seine Hand an ihr. Seine Wildheit schmerzte sie zwar ein wenig, dennoch geilte sie der Gedanke auf, auf dem Lehrerpult von ihrem Lehrer vernascht zu werden. Die drohende Gefahr, erwischt zu werden, war jedoch das Wollüstigste daran. Denn es gab für Kate nichts Schöneres, als etwas Verbotenes zu tun.

Hastig zog er ihr endlich das sündige Kleidungsstück vom Hintern. Er betrachtete ihren nackten, blanken Po, klatschte sanft mit seiner Hand auf die rechte Pobacke und liebkoste ihre Rosette mit dem Finger. Kate machte ihn verrückt. Sie bot ihm das, wovon er sein Leben lang schon geträumt hatte: *Zügelloser Sex mit einer Schülerin!* Niemals hätte er es gewagt, den ersten Schritt zu machen, aber Kate war ein Luder, eine richtig kleine Schlampe, die genau wusste, wie sie Männer bezirzen musste, um alles zu erreichen, was sie erreichen wollte. Und genau das Wissen um dieses Talent nützte sie schamlos aus. Richard kannte keine Frau, die so wild und hemmungslos ihren Körper verkaufte wie sie und auch noch mächtig Spaß dabei hatte. Keine war so sexy wie Kate. Und genau darauf stand er.

„O ja, Mr Richard, hören Sie nicht auf... niemand könnte das besser als Sie... Sie kleine Drecksau!", stöhnte sie lasziv und bewegte ihre Hüften auf und ab. In diesen Dingen konnte ihr niemand etwas vormachen. Sie kannte seine Vorlieben, wusste genau, was er hören wollte und wie sie sich zu bewegen hatte, wenn er sie hart rannahm.

Wie ein wild gewordenes Tier knetete er ihr pralles Hinterteil und fuhr mit dem Finger Kates feuchte Spalte auf und ab. Er war verrückt nach diesem kleinen Luder, das ihn schon in der ersten Woche des neuen Schuljahres nachts nicht mehr schlafen ließ, obwohl er sich von jeher geschworen hatte, niemals mit einer Schülerin etwas anzufangen. Aber seine ganzen guten Vorsätze waren dahin, als ihn dieses geile Luder das erste Mal in seinem Unterricht mit ihrer verruchten Stimme angesprochen hatte. Ihr Schmollmund lud ihn richtiggehend dazu ein, nachts von ihr zu träumen und selbst Hand anzulegen, um seine frivolen Fantasien in vollen Zügen auszuleben. Und dann, vor knapp vier Wochen, stand sie einfach nackt vor ihm und spielte an ihrer rasierten Möse herum, obwohl er gerade dabei war, ihr die Leviten zu lesen. Ihre schulischen Leistungen waren derart miserabel, dass er sich das hübsche Mädchen unter vier Augen vornehmen wollte. Doch anstatt sie an jenem Tag zu tadeln, hatte er sie ganze zwei Stunden lang im Lehrerzimmer vernascht.

Erst danach war ihm klar geworden, wie gefährlich es gewesen war und welche Konsequenzen sein Handeln nach sich gezogen hätte, hätte man sie beide erwischt. Niemals hätte er gedacht, dass er seine Prinzipien eines Tages einfach so über Bord werfen würde, niemals hätte er nur einen einzigen Gedanken daran verschwendet, eine Schülerin unsittlich zu berühren. *Niemals* kam ihm der Gedanke! Er hatte es selbst nicht glauben können, dass ihn eine Schülerin so um seinen Verstand brachte, wie sie es tat. Aber Kate war etwas ganz Besonderes. Sie schaffte es, mit nur einem einzigen Wimpernschlag seine ganze kleine Weltordnung ins Schwanken zu bringen. Und nun war er ihr restlos verfallen. Er konnte an nichts anderes mehr denken als an sie. Mit ihr wollte er seine Lust ausleben, die von jeher ganz tief in ihm geschlummert hatte. Viel zu spät erkannte er, in welchen Teufelskreis er da hineingeraten war. Doch es war bereits zu spät. Sie erweckte das Tier in ihm. Er vergaß darüber hinaus all seine Pflichten. Zu Anfang ihrer Affäre hatte er zwar noch ein schlechtes Gewissen gehabt, doch mit der Zeit wurde er immer mutiger, ja schon fast zu übermütig. Und ehe er es sich versah, war er ihre Beute. Er konnte sich kaum noch auf seinen Unterricht konzentrieren, nahm die Belange der anderen Schülerinnen kaum noch wahr. Er dachte nur noch an den Sex mit Kate. Und so geschah es, dass aus einem konservativen Lehrer ein sexbesessener Mann geworden war. Geplagt von seiner eigenen Sexgier und seinem unbändigen Verlangen, ritt er sich immer tiefer ins Unglück hinein.

„Du machst mich verrückt, Kate...", sagte er mit zittriger Stimme. Er kniete sich vor ihr auf den Boden und begutachtete Kates zierliche Möse. Sein Gesicht war ihrer Vagina so nah, dass er ihren Mösensaft darauf riechen konnte. „Du riechst so gut.", brachte er gerade noch über seine Lippen, bevor er sein Gesicht völlig in ihrer Scham vergrub. Mit seiner Zunge leckte er wild darüber, saugte kräftig daran und rieb immer fester über ihre feuchten Falten. Er schob langsam seinen dicken Finger in ihre enge Öffnung, um ihr eine noch größere Lust zu bereiten. Rein. Raus. Das war sein Spiel. Lutschend bearbeitete er ihre Lustzone und leckte ihren kostbaren Nektar auf.

„Lecken Sie mich härter, Mr Richard.... o ja... das machen Sie gut...", rief sie ihm leise zu und drückte sich noch fester an ihn. Sie spürte seinen Finger in ihrer engen Öffnung. Sie spürte wie er sich in ihr bewegte. Auf und ab. Immer tiefer drang er in sie ein. Seine raue, nasse Zunge bescherte Kate eine unglaubliche Verzückung. Ihren Höhepunkt konnte sie kaum noch zurückhalten. Plötzlich saugte er so fest an ihr, dass es einfach passierte. Richard richtete sich im selben Augenblick auf, rieb kräftig mit der Hand an seinem Glied, um die richtige Härte zu erlangen, dann drang er in sie ein. Immer tiefer trieb er sich in sie hinein. Er beugte sich dicht über sie. „Gefällt es dir, wenn dich dein Lehrer fickt wie eine kleine, geile Hure?", flüsterte er ihr leise zu. Sein irrer Blick ließ nur erahnen, dass ihn die Geilheit übermannte.

„Ja, Mr Richard. Es ist voll geil... genauso wie ich es haben will... o ja..." Kate ließ sich von ihm rammeln wie ein Karnickel. Schneller. Tiefer. Sie spürte seinen warmen Körper auf ihr lasten, sie spürte seinen steifen Penis, spürte, wie er in ihr zuckte und sie vollständig ausfüllte. Genau danach lechzte sie wie eine läufige Hündin. Sie bekam einfach nicht genug davon.

„Bin ich gut?", lallte Richard. Er schwebte wieder im siebten Himmel, ohne einen Gedanken daran zu verschwenden, dass sie ihn direkt in die Hölle befördern könnte, dass sie ihn nur für ihre eigenen Zwecke missbrauchte. Er war ihr bedingungslos verfallen. Und das machte ihn blind.

„Mehr als das...", erwiderte sie leise und lachte. Sie hatte ihn in der Hand. Und sie wusste das. „Ficken Sie mich härter!", stachelte sie ihn an und presste ihren Unterleib kräftig gegen seinen. Aus ihrem Mund klangen diese Worte richtiggehend verrucht. Sie war zwar schon achtzehn, sah aber wesentlich jünger aus. Sie hatte diesen typischen *Lolita Touch*. Und der zog die Männer magisch an.

Richard verausgabte sich regelrecht, dann kam ihm plötzlich ein noch geilerer Gedanke. Nur mit Mühe kam er an seine Aktentasche heran. „Warte mal." Er zog sich aus ihr zurück und holte aus der Tasche eine Gleitcreme heraus. Richard schmiegte sich wieder an sie und küsste ihr Ohrläppchen. „Darf ich dich heute in den Arsch ficken?", flüsterte er leise und berührte abermals ihr Ohrläppchen mit der Zungenspitze. Zärtlich leckte er auch über ihren Nacken. Er kannte ihre erogenen Zonen nur zu gut. Sie stöhnte ein leises *Ja* und wand sich unter seinen Liebkosungen. Richard richtete sich auf und tauchte seinen Finger in die Gleitcreme, die er dann zärtlich über Kates zarte Rosette strich und noch zusätzlich auf seinem Penis verrieb. Ihr laszives Stöhnen verriet ihm, dass es ihr gefiel. Langsam näherte er sich ihr und drang vorsichtig in sie ein. Kate verspürte für einen kurzen Moment einen ziehenden Schmerz, der aber sofort wieder nachließ. Lustvoll kreiste sie mit ihrem Hintern im selben Rhythmus seiner kräftigen Stöße. Richard verging vor Lust. Er trieb sich immer tiefer in sie und stieß immer wieder kraftvoll zu. Ihre Öffnungen waren so verdammt eng und das Gefühl, sie zu beherrschen, so überwältigend, dass er sich vergaß und viel zu laut stöhnte. Kräftig stieß er immer wieder in das Objekt seiner Begierde. Kates Möse schmatzte sichtlich, so feucht war sie. Ihr Saft klebte ihr zwischen den Beinen. Es war einfach unglaublich. Und dann passierte es viel zu früh. Er sank auf sie herab. Sein Schwanz zuckte in ihr und fiel langsam in sich zusammen. Sie fühlte es deutlich, wie er immer kleiner wurde. Der Druck ließ langsam nach. Zärtlich küsste Richard Kates zarte Haut. Seine Lippen berührten ihren Hals, ihren Nacken, ihr Ohrläppchen. Er begrub sie fast vollständig unter seinem molligen Körper.

„Und? Zufrieden?", stammelte sie. Sein Gewicht schien sie fast zu erdrücken. Es raubte ihr den Atem

Richard richtete sich auf und klaubte seine Sachen vom Boden auf. „Natürlich. So wie immer. Und wegen dem Test... mach dir da mal keine Sorgen... das klappt schon."

41

Kate hingegen blieb mit gespreizten Beinen auf dem Pult sitzen. Ihr betörendes Lächeln umspielte ihre Lippen. „Danke." *Wieder ein Problem weniger,* dachte sie. Jetzt musste sie nur noch Miss Whitehead bezirzen, dann war dieses Schuljahr gerettet.

***

Kate lauschte an ihrer Zimmertür und sah auf die Uhr. Es war kurz vor Mitternacht. Alles war still. Totenstill. Niemand mehr lief durch die Korridore. Alle schliefen, bis auf Miss Whitehead, ihre Englischlehrerin. Kate hatte von Anfang an gewusst, dass Miss Whitehead vom anderen Ufer war. Es war unverkennbar: sie war eine Lesbe. Es war die Art, wie sie Kate anstarrte, wenn sie während des Unterrichts mit ihr sprach, oder wie sie die anderen Mädchen musterte. Diese lüsternen Blicke verrieten wirklich alles. Außerdem war sie weder verheiratet, noch steckte sie in einer festen Beziehung. Nachdem es zwingend notwendig war, dass Kate ihre Note in diesem Fach ebenfalls aufbesserte, beschloss sie, ihre Englischlehrerin zu verführen. Kate war ein sexbesessenes Luder, eine richtige Schlampe, ein Mädchen, das ihr Sexleben in vollen Zügen auslebte, und zwar ohne Rücksicht auf Verluste und ohne auf die Gefühle der anderen zu achten. Die Lust stand bei ihr immer im Vordergrund. Natürlich war es auch Neugier, die sie antrieb, sich mit einer Frau einzulassen. *Wie würde es sein? Wie würde es sich anfühlen, von einer Frau geleckt zu werden? Oder gar die Möse einer Frau zu lecken? Würde es schmecken? Sie geil machen?* Allein bei diesen frivolen Gedanken wurde sie scharf. Unartig zu sein war ihre Leidenschaft. Vor allem war sie aber begierig darauf zu erfahren, wie es sich wohl anfühlen mochte, einer Frau zwischen die Beine zu fassen, ihre Brüste zu liebkosen, an ihren harten Nippeln zu lecken, an ihrer feuchten Scham zu lutschen, an ihren erregten Schamlippen zu saugen, von ihrem Nektar zu kosten. Kate verspürte den unbändigen Drang, etwas noch viel Verboteneres tun zu wollen als sie es schon mit Mr Richard tat. Sie wollte nichts auslassen, was ihre grenzenlose Fantasie beflügeln konnte. Den sündigen Slip hatte sie sich nach dem Pinkeln bereits ausgezogen. Es machte sie heiß, wenn der harte Jeansstoff an ihrer zarten Möse rieb. Und genau jetzt war sie sogar verdammt heiß. Allein der Gedanke, gleich mit einer Frau ihre erste bisexuelle Erfahrung zu sammeln, steigerte ihre Lust ungemein. *Was für ein geiles Erlebnis wird das wohl sein?* Kate war überzeugt davon, dass der Sex aufregender war, wenn man Gefühle außer Acht ließ. Und Gefühle hegte sie weder für Mr Richard noch für Miss Whitehead.

Kate sah abermals auf die Uhr, dann brach sie auf. Fast lautlos schlich sie den Korridor entlang und horchte immer wieder auf. Unter ihr knarrte plötzlich der Holzboden und sie glaubte, Schritte gehört zu haben. Sie blieb abrupt stehen und hielt den Atem an. Es war richtig aufregend. Nichts geschah. Leise ging sie weiter.

Als sie endlich vor Miss Whiteheads Tür ankam, schob sie ein rotes Blatt Papier unter der Tür durch. Es stand nichts auf dem Zettel. So hatten sie es vereinbart. Kurz darauf öffnete sich die Tür einen Spaltbreit und Kate schlüpfte unbemerkt hindurch.

***

Miss Whitehead saß mit klopfendem Herzen auf ihrem Bett und wartete darauf, dass Kate Steel zur vereinbarten Stunde vor ihrer Tür stand. Schon lange hatte sie ein Auge auf Kate geworfen; sie kam nicht umhin, ihre Schönheit bei jeder Gelegenheit zu bewundern. Kates Offenheit, ihre Freizügigkeit und ihre sexuellen Reize faszinierten sie. Dennoch hätte sie es nicht gewagt, den ersten Schritt zu tun. Ein junges Mädchen zu verführen, verstieß gegen alle erdenklichen Regeln. Dessen war sie sich bewusst. Und doch begehrte sie sie. Obwohl es sie sogar ihren Job kosten konnte.

Kate hatte es verdammt gut verstanden, Miss Whitehead mit ihrer Zügellosigkeit den Kopf zu verdrehen. Whiteheads Verstand setzte regelrecht aus und ihre Fantasie brannte mit ihr durch. Sonst hätte sie sich niemals darauf eingelassen. Und nun saß sie auf ihrem Bett und wartete ungeduldig darauf, dass endlich das Mädchen kam, das ihr den Verstand raubte. Sie hatte sich schon oft vorgestellt, Kate und sie wären ein Liebespaar. Miss Whitehead hatte ihre lesbische Neigung schon sehr früh erkannt, das lag wohl auch daran, weil sie Männer nicht sonderlich interessant fand. Sie hielt sie für jähzornige, rechthaberische und langweilige Individuen; derweil kannte sie nur nicht ihre Vorzüge, weil sie noch nie einen echten Schwanz in ihrer Möse gespürt hatte. Denn ansonsten hätte sie wohl ihre Meinung schnell wieder geändert.

Eine feste Partnerin hatte sie dennoch nicht, weil sie zu feige war, ihre Gefühle Frauen gegenüber offen zu zeigen und sich als Lesbe zu *outen*. Und so hatte sie bisher nur davon geträumt, sich sexuell mit einer Frau zu vergnügen. Umso überraschter war sie gewesen, als sie heute von Kate Steel eine heimliche Nachricht zugesteckt bekommen hatte. Kate hatte ihr darin ihre Liebe gestanden und sie um ein nächtliches *Rendez-Vous* gebeten. Sie hätte nicht darauf eingehen dürfen, aber sie konnte diesem Mädchen und ihren Verführungskünsten nicht widerstehen.

Und nun wartete sie schon ganz ungeduldig darauf, dass dieses verruchte Mädchen endlich kam, nur um sie zu verderben. Denn Miss Whitehead rang immer noch mit ihrem Gewissen. So lange Kate noch nicht hier war, konnte sie immer noch zurück. Doch sobald Kate ihr das vereinbarte rote Blatt Papier unter der Tür durchschob, wäre es zu spät. Dann könnte sie nicht mehr zurück.

Das Risiko und die damit verbundenen Konsequenzen waren ihr voll bewusst, dennoch war Miss Whitehead machtlos gegen das starke Verlangen, das das Mädchen in ihr auslöste. Ihr Herz schlug immer schneller, es überschlug sich schon fast in ihrer Brust. Der Herzschlag wurde immer lauter, je näher die Zeit rückte. Und dann hörte sie, wie ein Blatt unter der Tür durchgeschoben wurde. Sie wäre fast zu Boden gestürzt, so schnell eilte sie darauf zu. Sie erkannte sofort an dem roten Papierbogen, dass Kate draußen vor ihrer Zimmertür stand. Mit rasendem Herzschlag öffnete sie hastig die Tür.

***

Kate sah sich neugierig um. Miss Whitehead hatte es richtig gemütlich. Das Zimmer war irgendwie verspielt.

Kate Steel war ein raffiniertes Luder, das ihre Reize freizügig zur Schau trug und sich an den gierigen Blicken ihrer Bewunderer labte. Sie wusste genau, wie sie vorgehen musste, um schnell ans Ziel zu gelangen. Miss Whitehead war nicht das erste Opfer, das von den Machenschaften dieses Mädchens geblendet wurde. Das war wohl auch der Grund, wieso Miss Whitehead ihren trügerischen, leeren Versprechungen verfiel. Kate war sich bewusst, dass sie schnell handeln musste. Wenn sie zögerte, würde sich Miss Whitehead womöglich sofort in ihr Schneckenhaus zurückziehen, und dann könnte sie sie nicht mehr bezirzen. Ungeniert und verführerisch knöpfte sie ihre Bluse auf. Und zwar ganz langsam. Knopf für Knopf. Dabei lächelte sie ihre Lehrerin an, als wäre sie ein sexbesessener Vamp, der gleich über sie herfallen würde.

Mit offenem Mund starrte Miss Whitehead ihre Schülerin an, die sich so schamlos vor ihr entblößte. Ihr Herzschlag beschleunigte sich, ihr Atem wurde unregelmäßig und sie rang nach Luft. Es fühlte sich an, als hätte ihr jemand die Kehle zugeschnürt. Grenzenlose Lust hatte von ihrem Körper Besitz ergriffen. „Ich weiß nicht, ob das richtig ist, Kate...", wisperte sie kaum hörbar. Einerseits wollte sie sich ihrer unbändigen Lust einfach kampflos ergeben, andererseits war sie sich ihrer Pflichten voll und ganz bewusst. Es fehlten nur noch wenige Schritte, um diese Grenze zu überschreiten. Sie zögerte.

„Doch! Es ist richtig, Miss Whitehead... außerdem bin ich schon achtzehn und kann selbst entscheiden, wen ich liebe und wen nicht."

Sie lächelte. Ein Lächeln, das niemals ihre Augen erreichte, ein Lächeln, das falscher hätte nicht sein können. Im Prinzip so wie immer, wenn sie jemanden verführen wollte und es ihr nur um das reine Vergnügen ging. Und Kate erreichte immer, was sie wollte. Es war aber nicht nur ihr Lächeln, sondern vielmehr ihre vollkommene Schönheit, die die Menschen um sie herum betörte sowie blendete. Dessen war sie sich wohl bewusst. Es gab ihr ein gewisses Machtgefühl, das sie schamlos gegen diejenigen, die ihrem Charme restlos verfielen, ausspielte.

Die Lehrerin zögerte noch immer. Ein immer dicker werdender Kloß schnürte ihr die Kehle zu. Das bevorstehende, verbotene Liebesspiel erregte sie sehr. Das Mädchen berührte sich plötzlich selbst zwischen ihren Beinen und rieb fest an ihrem rasierten Fötzchen. Kates verruchter Blick und ihre schamlose Berührung brachten sie völlig um den Verstand. Sie machte einen Schritt auf Kate zu und strich zaghaft über ihre Brüste. Noch etwas schüchtern zog sie an ihren Nippeln. Sie waren hart und standen in voller Größe ab. Kate hatte wunderschön geformte, zarte Brüste. Miss Whitehead beugte sich vor und berührte die Nippel ihrer Gespielin mit den Lippen. Und genau in diesem Augenblick hatte sie die Grenze überschritten. Sie konnte nicht mehr zurück. Und sie wollte auch nicht mehr zurück. Von unbändiger Gier angetrieben, leckte sie wild über Kates Brüste, saugte an deren Nippeln, als wären es Bonbons. Sie streichelte sie mit ihren Händen, liebkoste sie, küsste sie. Das Mädchen hatte die Leidenschaft in ihr entfacht. Sie vergaß alles um sich herum, all ihre Pflichten, all ihre guten Sitten. Nichts zählte mehr auf dieser Welt außer dem schönen Mädchen in ihrem Zimmer. Beide Frauen küssten sich leidenschaftlich.

Kate griff zärtlich nach Miss Whiteheads Hand und zog sie zum Bett. Sie schubste sie hinein und stieg über sie. Über ihrem Gesicht ging das Mädchen in die Hocke. „Bitte lecken Sie mich, Miss Whitehead. Darauf warte ich schon die ganze Zeit." Kates Schamlosigkeit schürte Miss Whiteheads inneres Feuer. Ohne länger darüber nachzudenken, öffnete sie den Mund und berührte sie mit ihren Lippen. Sie lutschte an ihr, leckte genüsslich über ihre Falten, trank von ihrem Nektar. Kates Saft betörte sie, Kates Schamlosigkeit gab ihr ausreichend Mut, nicht mehr darüber nachzugrübeln, ob es richtig oder falsch war, sich auf eine Schülerin einzulassen. Sie ergab sich ihrer Lust. Nur noch von einem einzigen Gedanken wurde sie angetrieben. Sie wollte Kates Zunge zwischen ihren Beinen spüren. Sie wollte von ihr zum Höhepunkt geleckt werden. Sie wollte mit ihr zusammen ausleben, wovon sie schon seit Ewigkeiten geträumt hatte. Genau in diesem Moment kam ihr der Vibrator, der im Nachtkästchen verborgen lag, in den Sinn. *O ja, ich werde damit deine Lust steigern!* Ihre aufgestaute Geilheit schmerzte sie und bereitete ihr zugleich sehr viel Lust. Nun wollte sie selbst von dieser Schönheit geleckt werden. Deshalb schubste sie sie von sich herunter, noch bevor Kate zum Orgasmus kam. „Besorg's mir, Kate, ich halte es nicht mehr aus...", stöhnte sie leise. Bittend sah sie das Mädchen an, dessen Mund sich sofort ihrer Scheide näherte. Miss Whitehead stöhnte lasziv, als sie Kates warmen Atem spürte. Ihr Lustsaft tropfte geradezu aus ihrer Scheide heraus. Und dann spürte sie ihre Zunge. „O ja... reib härter an mir!", rief sie ihr leise zu und presste ihren Kopf noch fester an sich. Sie schwebte in diesem Augenblick im siebten Himmel. Es gab für sie nichts Schöneres, als die Zunge dieses Mädchens zwischen ihren Beinen zu spüren. Ein wohliges Kribbeln legte sich über ihren ganzen Körper. Leise stöhnte sie Kates Namen. *O wie geil das war!* Ihre anfänglichen Zweifel schob sie einfach beiseite. Miss Whitehead wurde immer unbeherrschter, immer mutiger, immer zügelloser. Sie zog Kate zu sich hoch, nachdem sie den erlösenden Orgasmus bekommen hatte. Beide Frauen küssten sich und streichelten sich gegenseitig. „Du bist ein richtiges, kleines Luder, eine richtige, kleine Schlampe, Kate. Weißt du das?", hauchte sie ihr liebevoll zu.

Kate lachte nur und biss ihr in die linke Brustwarze. „Ich weiß.", flüsterte sie ihr ins Ohr und zwirbelte fest an ihren Nippeln.

Beide Frauen wälzten sich im Bett und lachten wie zwei kleine Mädchen, die gerade etwas Neues, etwas Aufregendes entdeckt hatten, aber noch ziemlich unschlüssig darüber waren, wie es am Schluss enden sollte.

Kate gefiel es sehr, von ihrer Lehrerin begehrt zu werden. Sie war entzückt darüber, so erfolgreich gewesen zu sein. Doch jetzt war es an der Zeit, ihr die erste Lektion zu erteilen. Sie rutschte an ihr herab und hüpfte aus dem Bett. „Für heute haben Sie genug an mir gekostet.", sagte sie nur und schlüpfte in ihre Hose.

„Hab ich etwas falsch gemacht?" Miss Whitehead verstand nicht, wieso Kate plötzlich aus dem Bett gesprungen war. Sie war immer noch so geil auf sie und wollte weitere Orgasmen bekommen. Doch nun hatte sich Kate aus heiterem Himmel von ihr abgewandt. Die Nacht war noch jung. *Wieso nur?*, fragte sie sich und bedeckte mit ihrem Nachthemd unbewusst ihre nackten Beine. Mit einem Mal überkam sie ein heftiges Schamgefühl. Sie errötete.

„Nein. Aber ich muss noch lernen. Sie wissen ja, ich bin nicht so gut in Ihrem Fach." Kate wandte sich von ihr ab, um das Grinsen auf ihrem Gesicht zu verstecken. Ihr war klar, dass sie jetzt keinen Fehler machen durfte. Ihr Plan musste aufgehen.

„Lernen?... aber es ist Nacht!", sagte sie verständnislos.

„Aber ich falle durch, wenn ich nicht lerne. Und ich könnte es nicht ertragen, Sie womöglich deshalb nie wieder zu sehen.", log sie. *Wie konnte ein verruchter Mensch nur so einen unschuldigen Blick haben?* Aber Kate hatte ihn. Sie war Meisterin darin.

„Aber das wird nicht passieren…"

„O doch!", unterbrach Kate ihre Lehrerin. „Ich bin so schlecht in der Schule, ich werde es nicht schaffen. Ich muss jetzt gehen… ich muss lernen…"

Miss Whitehead erhob sich rasch und eilte auf sie zu. Sie legte ihren Arm um Kate und drückte sie fest an sich. „Ich werde dafür sorgen, dass das nicht passiert."

O ja, das wirst du!, dachte Kate und ließ sich in den Armen ihrer Lehrerin wiegen wie ein kleines Kind. Und sie hatte es wieder einmal geschafft, eine anständige Lehrerin zu verderben. Miss Whitehead war sich wohl bewusst, etwas Verbotenes zu tun, wenn sie Kate Steels Noten manipulierte, doch das Risiko war es ihr allemal wert. Sie wollte auf die Liebe dieses Mädchens von nun an nicht mehr verzichten. Und das, obwohl Miss Whiteheads innere Stimme sie vor ihr warnte. *Dieses Mädchen ist verlogen und verdorben! Lass die Finger davon!*, flüsterte sie ihr leise zu. Aber sie hörte nicht darauf.

„Bleibst du dann hier?"

Kate nickte und schlüpfte wieder aus ihrer Jeans.

Miss Whitehead war überglücklich, Kate zum Bleiben überredet zu haben. Sie zog sie zurück ins Bett und kramte aus der Schublade den Vibrator heraus, um es ihrer Schülerin nun zu besorgen *wie ein richtiger Mann.*

***

Und so hatte es Kate Steel im Handumdrehen geschafft, ihre schulischen Leistungen zu verbessern.

Anfangs kam sie noch jede Nacht zu Miss Whitehead, doch immer öfter ließ sie sich Ausreden einfallen, um nicht mehr kommen zu müssen. Einmal war es der Kopf, der schmerzte, einmal war es der Bauch. Um neue Ausreden war sie nie verlegen.

Und Miss Whitehead glaubte ihr alles und war schon zufrieden damit, wenn Kate sie wenigstens einmal die Woche aufsuchte. Ohne Widerrede nahm sie es einfach hin. Sie erkannte immer noch nicht, auf was für ein Miststück sie sich da eingelassen hatte. Vor allem aber ahnte sie nicht im Geringsten, dass Kate dasselbe Spiel auch mit ihrem Kollegen, Mr Richard, spielte. Sie war sich Kates Liebe so sicher. So blind hatte sie sie gemacht.

Kate genoss ihr neues Leben in vollen Zügen, denn als neue Musterschülerin kostete sie alle Vorzüge aus, die ihr ein

49

wohlhabendes Elternhaus zu bieten hatte. Sie schwelgte in Luxus, denn sie wurde für ihre Mühe von ihrem Vater reich belohnt. Zudem häuften sich ihre heimlichen Clubbesuche. Sie stürzte sich regelrecht in wilde Orgien. Trieb es mit mehreren Männer und Frauen zugleich, ließ sich sexuell verwöhnen und geizte nicht mit ihrer Freizügigkeit.

Doch eines Tages geschah etwas, womit sie nicht gerechnet hatte. Mr Miller, ihr Mathematiklehrer, verstarb ganz plötzlich. Und ein neuer Lehrer bekam seinen Posten. Mit Miller hatte Kate zwar keinen Sex, aber er war von diesem schönen Mädchen so angetan, dass er vor einigen Monaten mit ihr die Vereinbarung getroffen hatte, ihre Noten zu manipulieren, wenn er sie einmal die Woche für ein paar Stunden nackt betrachten dürfte; natürlich ohne sie zu berühren. Er war schon ein alter Mann gewesen, zudem war er impotent, daher hatte er sich lediglich damit begnügt, Kate nur dabei zu beobachten, wenn sie sich auf seinem Bett wie eine Wildkatze hin und her wälzte. Allein dadurch hatte sie seine Fantasie beflügelt. Und damit hatte er sich zufrieden gegeben. Kate war sich jedoch ziemlich sicher, den Neuen ebenfalls mühelos um ihren kleinen Finger zu wickeln. Schließlich durfte sie es nicht riskieren, ihren Notendurchschnitt in Mathematik zu verschlechtern. Sie wollte unter keinen Umständen den Zorn ihres Vaters auf sich ziehen.

Kate saß im Klassenzimmer und langweilte sich.

Während Richard irgendetwas, wovon sie nichts verstand, an die Tafel kritzelte, las sie unter der Bank heimlich die *Vogue*.

Sie bemerkte zwar, dass sich die Klassenzimmertür öffnete, aber ihr Blick haftete nach wie vor auf der *Vogue*. Interessiert las sie einen Artikel über *Blake Lively*.

Auf einen Schlag wurde es im Klassenzimmer ganz leise. Die Stille im Raum irritierte sie. Weder das Rascheln einer einzelnen Buchseite noch das Geflüster der anderen Mädchen war zu hören. Nur die monotone Stimme von Richard durchbrach die Stille. Er stellte gerade den Neuen vor. Kate hob gelangweilt den Kopf und richtete ihren Blick auf die Tafel. *Und dann traf es sie wie ein Blitzschlag!*

Vor dem Lehrerpult stand ein junger Mann, der neben Mr Richard aussah wie ein junger Gott. Seinen muskulösen Körper verbarg er unter einem legeren Anzug. Kate war nicht blind. Sie hatte ein Auge für schöne Männer. Und vor ihr stand ein überaus gut aussehender Mann, der sicherlich *keine* Frauen-Probleme hatte. In ihrem Club hätten sich die Mädels sogar um ihn geprügelt. Sein blonder Wuschelkopf faszinierte sie. Es war sicherlich nicht ganz einfach für ihn, seine Mähne am Morgen zu bändigen. Männer mit vollem, dichtem Haar gefielen Kate besonders gut. Ein paar Haarsträhnen fielen ihm in die Stirn. Zudem hatte er ein unglaubliches Lächeln. Es umspielte seine Lippen, was sehr reizvoll aussah. Seine strahlend blauen Augen zogen sie magisch an. Er hatte alles, was ein Mann haben musste, um Kates Aufmerksamkeit auf sich zu ziehen. Aber dieser Mann besaß weitaus mehr. Kate spürte die Magie, die von ihm ausging.

Sie sah sich im Klassenzimmer um. All die anderen Mädchen saßen mucksmäuschenstill auf ihren Plätzen und sahen gebannt zur Tafel. Der neue Lehrer faszinierte wohl auch sie. *Dumme Gänse!*, dachte Kate und richtete ihren Blick wieder auf den Neuen.

Sie wollte sich von ihrer besten Seite zeigen. Den Neuen gleich bezirzen. Schade nur, dass sie den Teil mit seinem Namen verpasst hatte. Jetzt wusste sie noch nicht einmal, wie dieser Traummann hieß. An der Tafel stand auch nichts. Aber das würde sie schon noch herausfinden. Spätestens in der ersten Unterrichtsstunde. Aufmerksam verfolgte sie nun Mr Richards Ansprache, der seinen neuen Kollegen vorstellte. Aber als der neue Lehrer dann auch noch das Wort übernahm, überkam Kate ein ganz seltsames Gefühl. Seine Stimme! Sie klang so betörend! Kates Herz schlug auf einmal schneller und ein Kloß im Hals drohte sie zu ersticken. Sie wurde von Mal zu Mal nervöser. *Was war nur los mit ihr?* Das passierte noch nicht einmal, wenn sie sich ihrem ausschweifenden Vergnügen hingab.

Aber jetzt saß sie lediglich auf der Schulbank. Angezogen. Der Neue stand neben Mr Richard, lächelte den anderen Mädchen zu und sagte ab und zu etwas zu ihnen. Er hatte Kate noch kein einziges Mal angesehen. Aber anstatt wütend darüber zu sein, schlug ihr Herz noch ein paar Takte schneller. *Wieso sieht er mich nicht an?! Ich bin doch viel hübscher als die anderen dummen Gänse!* Kate war verzweifelt. Egal, ob ihr Lächeln schamlos, verrucht, verführerisch, unschuldig oder lieblich war. Er sah einfach nicht in ihre Richtung. Kates Gedanken schlugen Purzelbäume. Sie konnte sich nicht erklären, dass sie es nicht geschafft hatte, seine Aufmerksamkeit auf sich zu ziehen. Irritiert starrte sie auf den Boden und schwieg für den Rest der Stunde.

Als die Schulglocke läutete, verabschiedete sich der Neue und verließ das Klassenzimmer.

Er hatte sie nicht wahrgenommen! *Wie konnte das nur passieren!* Kate wurde unsicher. *Wo war nur ihr unwiderstehlicher Charme geblieben?* Sie wusste es nicht.

Kate riss einen Zettel aus ihrem Schulheft und schrieb etwas darauf.

Dann faltete sie den Zettel zusammen und steckte ihn Molly, die hinter ihr saß, heimlich zu. Sie wollte wissen, wie der Neue hieß. Als sie den Zettel zurückbekam, faltete sie ihn hastig auseinander. *Daniel Callahan. Der ist voll süß!*, stand in Druckbuchstaben darauf. Kate zerknüllte den Zettel und widmete sich wieder der *Vogue*. Doch sie konnte sich nicht mehr darauf konzentrieren.

***

Kate konnte es kaum erwarten, dass die Englischstunde vorbei war. Den heimlichen Blicken, die ihr Miss Whitehead sehnsüchtig zuwarf, wich sie immer wieder geschickt aus. Sie bemerkte nicht einmal, dass ihre Lehrerin das Klassenzimmer nach dem Gongschlag völlig geknickt verlassen hatte. Endlich war es so weit! Gleich würde der neue Mathelehrer das Klassenzimmer betreten. Über Nacht war ihr der Gedanke gekommen, dass Mr Callahan möglicherweise jüngere Mädchen bevorzugte. Er hatte ständig zu Sally hinübergeschaut, war ihr aufgefallen. Wobei sie Sally nicht für besonders schön hielt. Wer weiß, vielleicht war ihm Kate schon viel zu alt. Vielleicht interessierte er sich aber nur für reife Frauen, schließlich war er ja schon ein reifer Mann. Möglicherweise wusste er mit kleinen Mädchen nichts anzufangen.

Am Morgen hatte sie ihr langes, gewelltes Haar zu einem Pferdeschwanz zusammengebunden, weil sie fand, dass sie damit jünger aussah. Den Saum des Röckchens ihrer Schuluniform hatte sie am Abend zuvor schon umgenäht, damit das Röckchen etwas kürzer ausfiel. Sie hatte sich fest vorgenommen, mit ihren Reizen nicht zu geizen.

Nachdem Callahan das Klassenzimmer betreten hatte, wurde sie auf einmal nervös.

Zu allem Überfluss bekam sie auch noch Herzrasen und schon wieder verschnürte ihr ein dicker Kloß die Kehle. *Was war nur mit ihr los? Konnte sie sich in seiner Gegenwart nicht mehr normal benehmen?*

Der neue Lehrer schrieb seinen Namen an die Tafel und stellte sich offiziell noch einmal seiner Klasse vor. *Daniel Callahan. Was für ein schöner Name!* Kate nahm zwar wahr, dass sich seine Lippen bewegten, aber ihre plötzliche Nervosität und ihr dermaßen lauter Herzschlag übertönten förmlich seine schöne Stimme. Sie verstand auf einmal kein einziges Wort mehr. Das Problem lag aber nicht nur an ihrem rasenden Herzschlag, sie verstand nicht einmal, wovon Mr Callahan da eigentlich sprach. *Irgendeine Seite sollte sie aufschlagen. Aber welche? Und was war überhaupt das Thema!* Unbeholfen blätterte sie in ihrem Buch. Und dann geschah genau das, was ihr zum völligen Verdruss noch fehlte. Mr Callahan rief sie auf. Normalerweise war Kate ja Klassenbeste, zumindest laut Unterlagen von Mr Miller. Die Lösung hätte für sie ein Kinderspiel sein müssen. Doch sie kannte den Rechenweg nicht. Wie ein Vollidiot stand sie vor der Tafel und wusste nicht, wie sie die Aufgabe lösen sollte.

Mr Callahan schickte sie auf ihren Platz zurück, ohne sich einen dummen Kommentar zu verkneifen, und ließ die Aufgabe von Molly lösen. Kate hatte sich in ihrem ganzen Leben noch nie so geschämt.

Als die Schulglocke läutete, stürmten die anderen Mädchen aus dem Klassenzimmer, nur Kate blieb wie festgenagelt auf ihrem Stuhl sitzen. Als sie endlich alleine mit ihm war, wollte sie ihren ersten Annäherungsversuch wagen. Aber anstatt einfach völlig ungezwungen zu ihm vorzugehen, saß sie wie gelähmt auf diesem Stuhl fest und starrte ihn nur an. Sie konnte ihr Gesicht nicht von ihm abwenden. Er brachte sie vollkommen aus dem Konzept.

„Kate, wir müssen reden.", sagte Mr Callahan plötzlich und riss sie aus ihren Gedanken. Er packte gerade seine Bücher gemächlich in seine Umhängetasche.

Kate nickte nur. Wie erstarrt saß sie auf ihrem Stuhl.

Langsam kam er auf sie zu und baute sich vor ihr auf wie eine hohe Mauer.

Kates Gedanken überschlugen sich.

„Kate, wir wissen beide, dass du NICHT Klassenbeste bist. Die einfachste Aufgabe konntest du nicht lösen."

Kate erstarrte zu Eis. Gebannt sah sie ihn an. Er hatte sie durchschaut. Die Schamesröte machte sich auf ihrem Gesicht breit.

„Du solltest vielleicht wissen, dass Mr Miller und ich sehr gut befreundet waren. Er hat mir alles beigebracht, was ich heute weiß und er hat mir auch alles über ein bestimmtes Mädchen erzählt... ein Mädchen, in das er unsterblich verliebt war und das ihn angestiftet hat, seine Pflichten als Lehrer zu verletzen. Ich denke, du weißt, wovon ich spreche, Kate."

Kate starrte ihn erschrocken an.

Ihr Herz rutschte ihr so tief ins Höschen, dass sie ihren Herzschlag zwischen den Beinen spüren konnte.

„Doch bei mir funktioniert das nicht.", fuhr er fort. Er beugte sich zu ihr vor und berührte mit seinem Zeigefinger ihr Kinn. Sie wandte den Blick von ihm ab, doch es half ihr nichts. Er brachte sie dazu, ihn wieder anzusehen. „Ich habe seine Nachfolge angetreten, weil ich neugierig auf dich war. Ich konnte mir nicht vorstellen, dass ein kleines Mädchen einen so pflichtbewussten Mann, und das war Mr Miller, glaub mir, zu so etwas anstiftet. Wie verrucht und unschuldig zugleich muss man sein, um das zu können? Siehst du, ihm war klar, dass du ihn in Schwierigkeiten bringen konntest, deshalb hat er mich auch kontaktiert und um Hilfe gebeten. Er brauchte den Rat eines Freundes. Und ich habe ihm geraten, dich fallen zu lassen. Aber er konnte es nicht... als seine Stelle frei wurde, habe ich mich darauf beworben, denn ich wollte das Mädchen kennenlernen, das ihn um den Verstand gebracht hatte." Er lächelte sie an, doch sein Lächeln erreichte nicht seine Augen. *Was hatte er nur vor?* Kate war irritiert.

„Ich kann den alten Mann sogar verstehen, Kate. Aber ich versichere dir, *du* bringst mich nicht um meinen Verstand. Also, der Plan sieht folgendermaßen aus. Ich werde dir ein paar Lektionen erteilen, damit niemand dahinterkommt, dass Mr Miller deine Noten gefälscht hat. Das bin ich meinem alten Freund schuldig. Aber du wirst etwas dafür tun müssen. Aber nicht das, was du denkst, Kate! Ich spreche hier vom LERNEN! Haben wir uns verstanden? War das jetzt deutlich genug für dich?" Er sah sie fordernd an.

Kate nickte, unsicher darüber, wie sie sich verhalten sollte.

„Heute Abend beginnen wir mit der ersten Lektion, denn wie ich sehe, müssen wir bei dir ganz von vorne anfangen." Er wandte sich von ihr ab und ging gemächlich auf das Lehrerpult zu. „Ach, übrigens, ich habe sein Zimmer. Du weißt ja, wo es liegt. Sei um neun Uhr da!" Er würdigte sie keines Blickes mehr. Kurz darauf verließ er das Klassenzimmer.

Kate blieb alleine zurück. Sie musste erst einmal verarbeiten, was er zu ihr gesagt hatte. Sie hatte nicht damit gerechnet, dass das erste Gespräch mit Mr Callahan so enden würde. Sie war völlig verunsichert, fühlte sich wie ein dummes, kleines Schulmädchen. Ihr ganzes Selbstbewusstsein löste sich mit einem Mal in Luft auf.

***

Kate war einerseits so fasziniert, andererseits jedoch so irritiert von Mr Callahans Worten, dass sie am Nachmittag im Aufenthaltsraum des Internats den fragenden Blicken von Mr Richard und Miss Whitehead auswich. Sie wollte sie weder sprechen noch nachts in ihren Zimmern aufsuchen, um sich mit ihnen zu vergnügen. Sie wollte einfach ihre Ruhe vor ihnen haben.

Obwohl sie sich über Mr Callahan ein wenig ärgerte, kam sie nicht umhin, sich dabei zu ertappen, wie ihre Gedanken ständig um ihn kreisten. *Was hatte er nur an sich, dass sie ihm nicht widerstehen konnte? Er brachte sie wirklich aus der Fassung! Das war ihr bis heute noch nie passiert. Es war wirklich noch nie geschehen! Er hatte sie noch nicht einmal gefragt, ob sie überhaupt Lust oder Zeit hätte zu kommen? Er ging einfach davon aus, dass sie kommen würde, weil er es ihr BEFOHLEN hatte. War es überhaupt ein Befehl?* Sie grübelte den ganzen Nachmittag darüber nach.

Am Abend hatte sie dann den Entschluss gefasst, sich von ihm nicht weiter einschüchtern zu lassen und das wollte sie ihm klipp und klar ins Gesicht sagen. Doch als die besagte Stunde immer näher rückte, verlor sie wieder all ihren Mut. Kurz vor neun Uhr schlich sie wie ein folgsames Hündchen aus ihrem Zimmer und war auf dem Weg zu ihm. Und obwohl sie sich nicht sicher war, was sie dort erwarten sollte, war sie geil auf ihn. Ihre Möse war so nass, dass ihr der Slip zwischen den Falten klebte. Zu allem Überfluss rieb auch noch der harte Jeansstoff an ihrer Scham und gab ihr somit den Rest. Sie hoffte inständig, dass es nicht nur Nachhilfe in Mathematik war, was sie heute von ihm erwarten sollte.

***

Kate klopfte nicht an, denn die Tür stand bereits offen. Sie schlüpfte durch den Spalt und schloss hinter sich ab. Daniel Callahan saß gemütlich in einem Sessel und las in einem Buch. Er blickte nicht einmal auf, als sie eintrat. Kate wagte es kaum zu atmen. Sie beobachtete ihn und bekam dabei weiche Knie. Sein weißes Hemd war zur Hälfte aufgeknöpft und hing lässig aus seiner Jeanshose heraus. Sie musterte ihn, und jetzt, da sie sich unbeobachtet fühlte, bemerkte sie plötzlich, wie sehr es sie erregte, ihn anzusehen. Sein Blick haftete immer noch auf dem aufgeschlagenen Buch. Und dann, ganz unerwartet, sah er zu ihr auf. „Da bist du ja.", war alles, was er bemerkte. „Setz dich!" Er wies auf einen Stuhl, der sich nicht weit von seinem Sessel entfernt befand.

Kate folgte anstandslos und setzte sich. Alles, was sie ihm sagen wollte, war mit einem Mal wie weggeblasen. Sie saß auf ihrem Stuhl wie ein Lamm auf der Schlachtbank und wartete darauf, was als nächstes passieren würde. Doch nichts geschah.

Plötzlich wuchtete er sich aus seinem Sessel und ging auf sie zu. Das kam so völlig überraschend für Kate, dass sie automatisch zurückwich. Nun stand er wieder vor ihr, so wie schon am Vormittag im Klassenzimmer. Nur, dass diesmal keine Schulbank zwischen ihnen stand. Sie wagte es kaum, ihn anzusehen. Ihr Blick haftete auf der Schnalle seines Gürtels. Sie war aus Messing gefertigt und ein Symbol, das sie nicht kannte, war darauf abgebildet. Ihr Blick wanderte etwas höher. Seine behaarte Brust hatte etwas Animalisches an sich. Der Drang, ihn dort berühren zu wollen, war immens groß. Doch sie hielt still und wartete darauf, was er zu sagen hatte.

„Also, Kate, ich erkläre dir jetzt meinen Plan. Du weißt, dass du ohne meine Hilfe keine Chance hast. Doch ich bin nicht bereit, in Mr Millers Fußstapfen zu treten und deinen Hampelmann zu spielen. Entweder wir machen es auf meine Art und Weise, oder ich muss dich bitten zu gehen. Du weißt ja, wo die Tür ist." Er blieb regungslos vor ihr stehen und wartete auf eine Antwort.

Kate schwieg. Sie wagte es immer noch nicht, zu ihm aufzusehen. Einerseits jagte er ihr durch seine unergründliche Art Angst ein, andererseits erregte es sie, dass er ihr so ohne Weiteres die Zügel aus der Hand gerissen hatte. Das hatte bisher noch niemand geschafft. Den ganzen Nachmittag hatte sie sich schon gefragt, wie das nur möglich sein konnte, aber bei dem Gedanken an Daniel Callahan und seine direkte, irgendwie auch geheimnisvolle Art, spielten ihre Hormone total verrückt. Während sie über sein Angebot nachgrübelte, spürte sie plötzlich seine Hand auf ihrer Wange. Diese sanfte Berührung ließ sie erzittern. Zärtlich fuhr er mit seinem Finger hinab bis zum Kinn, dann hob er ihren Kopf leicht an. Sie musste ihn nun ansehen, ob sie wollte oder nicht. Seine betörend blauen Augen musterten sie. Es war so, als ging sein Blick direkt durch sie hindurch. Ihr Herz fing wieder an zu pochen. Schnell und unkontrolliert. Ihr Atem war das einzige Geräusch, das sie wahrnahm.

„Ich nehme an, dein Schweigen heißt *nein...*"

„Nein, nein... es ist nur... es ist nur... Sie machen mich nervös.", stammelte sie leise.

Ohne auf sie einzugehen, stellte er abermals seine Frage. „Und? Wie hast du dich entschieden?"

Kates Stimme drang nur zaghaft aus ihrer Kehle. „Ja. Auf Ihre Art und Weise."

„Gut." Er blieb weiterhin vor ihr stehen. „Wenn wir alleine sind, darfst du mich duzen. Sind andere dabei, dann bin ich weiterhin Mr Callahan für dich. Das wäre Regel Nummer Eins."

„Ja.", sagte sie kleinlaut. Sie fühlte ihren pochenden Herzschlag nicht nur in der Brust, sondern auch in ihrem Unterleib.

„*Okay.* Also, der Plan sieht folgendermaßen aus: Für jede gute Note, die du mir bringst, belohne ich dich."

Kate sah ihn irritiert an. „Aber ich dachte..."

„Nein, Kate! Es läuft nicht so wie bisher." Nun beugte er sich dicht über sie und berührte sie unsittlich zwischen den Beinen. Kate erzitterte. Sie fühlte seine Hand, die über den Jeansstoff ihrer Hose rieb und ihr ein immenses Lustgefühl bereitete. Der Stoff, der sich zwischen seiner Hand und ihrer Möse befand, minderte keineswegs ihre Wollust. Er musste sie noch nicht einmal auf nackter Haut berühren, um bei ihr dieses Verlangen auszulösen. Allein seine Berührung erregte sie so sehr, dass ihr ein leiser Seufzer entwich.

„Bring mir gute Noten und du bekommst mehr als das." Er ließ von ihr ab, richtete sich auf und setzte sich zurück auf seinen Sessel. „Und jetzt geh!"

Kate war so perplex, dass sie aufstand und wortlos sein Zimmer verließ. Die ganze Nacht konnte sie nicht schlafen. Dachte unentwegt daran, wie er sie zwischen den Beinen berührt hatte. Diese Zärtlichkeit hatte etwas in ihr ausgelöst, das sie vorher niemals für möglich gehalten hätte. *Was hatte er nur an sich, dass er sie so beeinflussen konnte? Solche Macht über sie ausübte?* Aber der Reiz zu erfahren, was für unanständige Dinge er mit ihr anstellen würde, war so groß, dass sie beschloss, seine Bedingungen zu erfüllen. Denn sie wollte von ihm mehr Zärtlichkeiten bekommen, als nur diese eine Berührung. Sie wollte ihn auf nackter Haut spüren, sich von ihm leiten lassen, sich zeigen lassen, was es heißt, zu gehorchen. Die nächsten Tage waren hart für Kate. Sie versuchte vergeblich, sich im Unterricht zu konzentrieren, denn ihre maßlose Geilheit lenkte sie ständig ab und staute sich zudem gewaltig in ihr auf. Wenn sie ihn im Unterricht beobachtete, malte sie sich aus, wie es wäre, mit ihm auf dem Lehrerpult zu vögeln. Bedingungslos würde sie sich ihm hingeben, das war ihr klar. Weiterhin wich sie Richards und Miss Whiteheads Annäherungsversuchen aus, die sich Kates Verhalten beide nicht erklären konnten. Aus Angst vor möglichen Konsequenzen hielten sie aber beide still. Sie hielten es nur für eine vorübergehende Laune dieses Mädchens.

Kate bemühte sich zwar sehr, dennoch schaffte sie es nicht, dem Unterricht zu folgen.

Aus Verzweiflung steckte sie Callahan heimlich einen Zettel zu, in dem sie ihn um ein Treffen bat. Sie wartete ganze zwei Tage, dann bekam sie erst den Zettel mit einer Antwort zurück, der zwischen den Seiten ihres Mathematikheftes lag. *Heute um Mitternacht*, stand lediglich darauf. Kate konnte es kaum erwarten, dass der Tag vorbeiging.

Als es soweit war, schlich sie mit pochendem Herzen auf sein Zimmer.

***

Callahan stand am Fenster und sah in die Nacht hinaus. Er schien über irgendetwas nachzudenken. Er drehte sich nicht einmal um, als sie eintrat und die Tür hinter sich schloss.

„Daniel…", sagte sie leise.

„Ja?" Er kehrte ihr weiterhin den Rücken zu.

„Ich schaffe es nicht allein. Ich bemühe mich ja, aber es geht nicht." Kate war verzweifelt. Sie hatte bereits so viel Stoff verpasst, dass sie kaum noch hinterher kam.

Nun wandte er sich ihr zu. „Ich gebe dir Nachhilfeunterricht. Nach jeder erfolgreichen Stunde werde ich dich belohnen, wenn ich der Meinung bin, dass du es verdient hast. Wir fangen morgen Abend damit an. Sei um acht Uhr hier. Und jetzt geh."

Kates Herz machte Luftsprünge vor Freude. Die Sehnsucht nach seinen Liebkosungen wuchs von Tag zu Tag. Am liebsten wäre sie ihm jetzt um den Hals gefallen, aber sie wagte es nicht. *Hätte er sie doch nur verführt. Und wenn es nur ein einziger Kuss gewesen wäre, den sie heute Nacht von ihm bekommen hätte!*, dachte sie. Sie wäre bereit dazu gewesen, alles für ihn zu tun. Der Drang, von ihm verführt zu werden, war unbändig groß.

Sie schlich auf ihr Zimmer zurück. Als sie im Bett lag, fragte sie sich, wie sie nur den morgigen Tag überstehen sollte.

***

Kate saß über einer schweren Rechenaufgabe, aber sie konnte sie nicht lösen. Callahan stand direkt hinter ihr und erklärte ihr, worauf sie achten müsse. „Nein. Nicht so, Kate! Sieh mal, so musst du das machen." Er lehnte sich über den Tisch und schrieb den Lösungsweg auf einen Schmierzettel. Er war ihr so nah, dass sein Arm ihren nur leicht streifte. Doch diese Berührung erregte sie ungemein. Sie wünschte sich, er würde über sie herfallen, aber er tat es nicht. Stattdessen richtete er sich wieder auf. Nach einer Stunde musste Kate wieder gehen, ohne dass er sie einmal angefasst hatte.

Kate wusste zwar nicht, wie weit er dieses Spiel noch treiben würde, wie lange er den eigentlichen Sex noch hinauszögern wollte, aber sie war sich sicher, dass sie ihre Belohnung nur dann erhielt, wenn sie sich bemühte, seine Aufgaben richtig zu lösen. Und der Glaube daran, dass es darauf hinauslaufen könnte, war ihr einziger Hoffnungsschimmer. Denn der unbändige Drang, von ihm endlich vernascht zu werden, war noch nie so groß gewesen. Er löste bei ihr eine unglaubliche Sexgier aus. Also büffelte sie tagsüber, um ihn an den Abenden davon zu überzeugen, dass sie ihr Bestes gab. Nach einer guten Woche war es dann soweit, dass sie die Aufgaben, die er ihr stellte, ohne seine Hilfe lösen konnte. Und nach einer weiteren Woche machte sie noch gewaltigere Fortschritte, die sie selbst niemals für möglich gehalten hätte. Und eines Morgens war ihr klar, dass sie sich unsterblich in ihn verliebt hatte. Die Art, wie er mit ihr sprach, wie er mit ihr umging, faszinierte sie. Seine Stimmte betörte sie, seine Verweigerung trieb sie fast in den Wahnsinn. Sie hatte nur noch Augen für ihn. Alles andere hatte keine Bedeutung mehr für sie. Und dann kam der Tag, an dem er sie für ihre Anstrengungen belohnte.

***

„Genug gelernt für heute.", sagte er, als Kate gerade dabei war, wieder eine knifflige Aufgabe zu lösen. „Ich sehe, du hast dich bemüht." Seine Stimme klang anders als an den Abenden zuvor. Sie hörte sich auf einmal so verändert an. Sie bebte vor Begehren.

Kate sah zu ihm auf. Erwartungsvoll sah sie ihn an.

„Komm!" Er griff nach ihrer Hand und zog sie vom Tisch weg.

Callahan hatte sich die vergangenen Wochen kaum noch zügeln können, nicht jedes Mal wie ein wildes Tier über sie herzufallen, wenn sie zu ihm kam. Doch er hatte sich beherrscht, auch wenn es ihm unheimlich schwer gefallen war. Nachts hatte er von ihr geträumt. Aber er wollte eisern bleiben. Er wollte nicht so enden, wie sein Mentor, der sich ihm kurz vor seinem Tod anvertraut hatte. Mr Miller hatte sehr darunter gelitten, dass Kate ihren Körper für bessere Noten nicht nur ihm, sondern auch seinen Kollegen verkauft hatte. Er hatte sie heimlich beobachtet und Buch darüber geführt, wie oft sie nachts zu Miss Whitehead aufs Zimmer schlich und wie oft sie Mr Richard befriedigte. Die zahlreichen *One-Night-Stands* mit völlig fremden, jungen Männern waren ihm auch nicht entgangen. Schon viele Männer und Frauen hatten sich heimlich in ihr Zimmer geschlichen. Er hatte von allen gewusst. Mr Miller hatte höllische Angst davor gehabt, diesem verruchten Mädchen zu verfallen, wenn er sie nur ein einziges Mal berührte, deshalb gab er sich damit zufrieden, sie nur zu betrachten, wenn sie nackt auf seinem Bett gelegen hatte. Als der innere Druck und die Zweifel ihn schier zerrissen hatten, hatte er seinen Freund, einen ehemaligen Schüler, angeschrieben und ihn um Hilfe gebeten. Er hatte Callahan jede noch so kleine Einzelheit über Kate erzählt. Am Ende hatte Callahan ein vollständiges Bild von ihr gehabt, ohne sie selbst jemals gesehen zu haben. Heimlich begann er dieses Mädchen zu begehren, obwohl er Miller strikt davon abgeraten hatte. Nächtelang lag er wach und fragte sich, wie es sein konnte, dass sie ihn so magisch anzog und welche heimtückische Macht sie besaß. Als nach Millers Tod die Stelle im Internat freigeworden war, hatte er sich daraufhin beworben. Er konnte dem unbändigen Drang, dieses Mädchen zu besitzen, das Miller ins Verderben gestürzt hatte, nicht widerstehen. Er hatte Miller zwar geraten, die Hände von ihr zu lassen, doch selbst war es ihm nicht gelungen.

Callahan wollte aber nicht so enden wie sein Freund, der vor lauter Selbstmitleid den Bezug zur Realität vollkommen verloren hatte. Er beabsichtigte auch nicht, das Mädchen mit anderen Männern oder gar Frauen zu teilen. Deshalb wollte er ihr nicht geben, was sie so mühelos von den anderen bekommen hatte: wilden Sex, wann immer ihr danach war. Er wusste zwar nicht, ob sein Plan aufgehen würde, aber er hoffte es. In einer Männerzeitschrift hatte er gelesen, dass man eine Frau nur beherrschen könne, wenn man sie sich hörig machte. Und er wollte Kate beherrschen! Deshalb wich er penibel jeder Berührung aus, obwohl auch er fürchterlich darunter litt, sich von ihr fernzuhalten. Doch jetzt hielt ihn nichts mehr zurück. Er war seinem Ziel so nah und er war sich seiner ziemlich sicher. Kate hatte gelernt zu gehorchen, war sogar bereit dazu, für ihn zu lernen. Und das alles machte sie nur, weil sie von ihm umgarnt werden wollte. Er fühlte das. Er war ja schließlich nicht blind.

Callahan führte sie ins Nebenzimmer. Schräg vom Bett befand sich ein Sessel aus rotem Leder. Es sah fast so aus, als habe er das alles schon vorbereitet, noch bevor sie heute Abend zu ihm gekommen war. Kate sah sich neugierig im Zimmer um. Alles war verändert. Die Möbel von Mr Miller waren durch viel geschmackvollere ersetzt worden. Als sie vor dem Sessel standen, ließ sich Callahan darauf nieder, befahl ihr jedoch, stehen zu bleiben. Kate gehorchte. Die Vorfreude auf das, was sie nun erwarten sollte, ließ ihr Herz höher schlagen. *Würde er heute mit ihr schlafen? Wie würde es sein?* So lange hatte sie auf diesen einen Augenblick schon gewartet. Sie konnte es kaum noch erwarten. Ihre aufgestaute Lust begann sie zu schmerzen; sie wollte es nur noch mit ihm treiben, treiben bis in alle Ewigkeit. Sie war gespannt darauf, wie er sich in ihren Händen anfühlen würde, wie er schmecken würde, wenn sie an ihm kostete oder genüsslich mit der Zunge über seine Eichel leckte. *Wie würde es sich wohl anfühlen, wenn er tief in sie eindrang?*

„Wenn ich dir heute gebe, worauf du schon so lange gewartet hast, dann knüpfe ich daran zwei Bedingungen.", sagte er. „Erstens: Du wirst mir *unwiderruflich* und *bedingungslos* gehorchen; das heißt, du wirst dich von keinem anderen mehr ficken lassen... außer ich erlaube es dir, was wahrscheinlich nie der Fall sein wird. Zweitens: Ich bestimme *wann, wo, wie oft* und *ob überhaupt*. Du fügst dich meinem Willen, wann immer ich es will, und zwar *ohne Widerrede!* Ist das klar?"

Kate nickte. Ein Lächeln konnte sie sich nicht verkneifen. Sie hätte ihm in diesem Moment alles versprochen, was von ihr hören wollte. Hauptsache, es würde endlich passieren.

„Dann zieh dich jetzt aus!"

Kate zog sich ihr kurzes Top über den Kopf, schnippte es in die Ecke und schlüpfte hastig aus der Hose. Ihre prallen Brüste quetschten sich in einen viel zu engen Wonderbra BH. Auch dieses sündige Kleidungsstück ließ sie fallen. Ihr hauchdünner Slip war nunmehr noch das einzige Stück Stoff, dessen sie sich noch nicht entledigt hatte. Es bedeckte ihre rasierte Möse und für einen kurzen Augenblick zögerte sie noch. Doch dann fiel auch der Slip zu Boden.

Nun stand sie nackt vor ihm. Ihr Schamgefühl und all die Schüchternheit, die sie die ganzen Wochen mit sich herumgetragen hatte, waren auf einmal wie verflogen. Sie fühlte sich plötzlich in seiner Gegenwart begehrt und der Vamp in ihr kehrte zurück. Sein Blick hatte ihn verraten. Reglos stand sie vor dem Mann, der ihr den Kopf völlig verdreht hatte und für den sie sogar bereit war zu lernen. Callahan musterte sie. Sein steifer Penis presste sich gegen den Jeansstoff seiner Hose. Die Geilheit schmerzte ihn gewaltig. Er sehnte sich bereits nach der erlösenden Befriedigung. Hastig öffnete er den Hosenschlitz, und sein Schwanz sprang förmlich heraus. Er war dick, hart und enorm groß. „Dreh dich um und knie dich vor mir nieder. Auf allen vieren. Wie eine Hündin. Ich möchte, dass du demütig den Kopf vor mir neigst. Zeige mir, dass du bereit bist, alles für mich zu tun! Ich lehre dich, demütig zu sein und ich zeige dir, wie man einem Mann gehorcht. Ab jetzt bin ich dein einziger Lehrer und du meine alleinige Schülerin. Und ich verspreche dir, Kate, wenn du mich hintergehst, ist alles vorbei! Ohne wenn und aber. Bei mir gibt es nämlich keine zweite Chance."

Kate beabsichtigte, nichts zu tun, was ihn verärgern könnte, nichts zu riskieren, was diese Affäre abrupt beenden würde. Deshalb kniete sie sich ohne Widerrede vor ihm nieder und beugte sich so tief hinunter, dass ihr praller Hintern appetitlich in die Höhe ragte. Der Geilheitssaft tropfte ihr auf die Schenkel und zeigte ihm in aller Deutlichkeit, dass sie bereit war, ihn in sich aufzunehmen, dazu bereit war, alles mit sich anstellen zu lassen, was er sich jemals von ihr erträumt hatte. Und zwar genau jetzt. Ihr rasender Herzschlag jagte das Blut durch ihre Adern. Das Pochen wurde immer lauter. Der Herzschlag immer schneller. Sie wartete gebannt darauf, dass er sie sich nahm. Aber nichts davon geschah. Er saß immer noch in seinem Sessel. Bestimmt musterte er sie. Sie spreizte ihre Beine noch etwas weiter, um ihm einen noch besseren Blick auf ihre rasierte Scham zu ermöglichen. Wild sollte er bei ihrem Anblick werden. Das hoffte sie zumindest. Gleich würde er über sie herfallen, dachte sie. *Worauf wartete er noch?* Kate wurde immer ungeduldiger, immer geiler. Sie hatte mit einem Mal das Gefühl, ihr Herz würde gleich zerplatzen, wenn er sie noch eine einzige Minute länger warten ließ. Und dann hörte sie, wie er sich erhob. Sie hörte seine Schritte auf dem Holzboden. Die Bretter gaben unter seinem Gewicht leicht nach. Sie hörte den Boden unter sich knarren. Sie hielt die Luft an und lauschte. Und dann spürte sie endlich seine Hände auf ihrem Hintern. Zärtlich berührte er sie. Ein leises, befreiendes Stöhnen entwich ihren Lippen. *Endlich. Jetzt ist es soweit! Darauf hatte sie schon so lange gewartet.*

Bevor sich Callahan aus dem Sessel wuchtete, zog er unter dem weichen Polster Handschellen heraus, die er sich vor ein paar Tagen in einem Erotik-Shop besorgt hatte. Sie sollte spüren, dass sie nun ihm alleine gehörte. Es nur zu sagen, reichte ihm nicht aus. Genau aus diesem Grund hatte er sich diesen sündigen Gegenstand auch besorgt. Aufrecht stand er nun über ihr. Lauernd wie ein Tier, wohl wissend, dass seine Beute nicht mehr entkommen konnte. Er fiel auf die Knie. Zärtlich berührte er ihre wohlgeformten Pobacken, knetete ihren süßen Hintern. *O ja, wie lange hatte er schon auf diesen einen Moment gewartet.* Keine Frau war so vollkommen, so vollkommen und wunderschön wie sie. Und auch keine war so verrucht und zügellos wie sie. Doch das hatte er ihr nun ausgetrieben. Er war nicht mehr weit davon entfernt, sie sich zu unterwerfen. „Spreiz deine Beine noch etwas weiter.“, befahl er ihr mit zittriger Stimme. Gleichzeitig fuhr er ihr mit seinen Händen zwischen die Beine. Ihr Saft haftete an ihren Schenkeln. Ihr süßer, sündiger Geruch schürte sein inneres Feuer. *Jetzt war es endlich soweit. Sie war bereit. Bereit für ihn.* Sanft packte er sie an den Handgelenken und hielt sie hinter ihrem Rücken fest.

Kate verlor dabei den Halt und kippte vornüber. Nunmehr stützte sie sich nur noch mit dem Kopf am Boden ab. Irgendetwas schnallte er ihr um die Handgelenke. *Waren das etwa Handschellen?* Ihr wurde heiß und kalt zugleich. Er hatte sie tatsächlich gefesselt. Und dann spürte sie seinen Finger auf ihrer Scheide. Sanft fuhr er die Konturen ihrer feuchten Spalte auf und ab. Zog zärtlich an ihren Schamlippen, die vor Geilheit so dick angeschwollen waren, dass Kate sogar ihren Herzschlag darin fühlen konnte. Noch nie hatte sie ein Mann derart scharf gemacht. Sie fühlte sich ihm hilflos ausgeliefert. Schon vom ersten Augenblick an. Er hatte sie im Sturm erobert. Während ihre Gedanken Purzelbäume schlugen, spürte sie, wie er mit seinem Finger in sie eindrang. Zärtlich fingerte er sie nun mit der Hand. Langsam bewegte sie ihr Becken im gleichen Rhythmus seiner Stöße auf und ab. Und dann spürte sie noch einen zweiten Finger tief in sie eintauchen; es war, als würde ihr jemand den Verstand rauben. Callahan spielte an ihr mit seinen Fingern und massierte gleichzeitig an ihrer Klitoris. Sie war so nass, dass er mühelos noch seinen dritten Finger hineinzwängen konnte. Ihre Möse weitete sich für ihn und nahm ihn vollständig in sich auf. Er hob die andere Hand leicht an und ließ sie auf Kates rechte Pobacke sausen. Der Hieb, den er ihr damit versetzte, entlockte ihr ein schmerzvolles Seufzen. *O ja, sie sollte seufzen, sie sollte wimmern, sie sollte lechzen, lechzen nach ihm, seinen Fingern, seinem Schwanz und seinen Schlägen.* Absolute und uneingeschränkte Hingabe. Das war es, was er von ihr verlangte. Kates Hintern feuerte schon. Der sanfte Schmerz verschmolz mit ihrer Lust. Diese Verzückung brachte sie fast um den Verstand. Sie kreiste ihre Hüften immer heftiger, presste ihren Hintern immer stärker gegen seine Hand, lechzte nach noch größerer Lust, lechzte nach seinem Schwanz. „Sag mir, was ich hören will!" Seine Stimme war rau vor Begehren. „Sag es! Jetzt!"

„Ich will dich... *nur dich!"* stöhnte sie lasziv. Sie war so erregt, dass sie diese Worte kaum über ihre Lippen brachte. „Daniel, besorg's mir... jetzt... ich will dich in mir spüren... ganz tief... bitte... ich halte es nicht mehr länger aus..."

„Wirst du dich mir immer fügen?"

„Immer.", japste Kate. Die Gier nach ihm trieb sie regelrecht in den Wahnsinn. Sie ertrug es kaum noch. Fest presste sie ihre Scheide gegen seine Lenden.

Nun zögerte Callahan nicht länger. Mit einem kräftigen Stoß drang er in sie ein. Sie nahm ihn vollständig in sich auf. Ihr Saft haftete an seinem Penis, wenn er sich aus ihr wieder herauszog. Unbeherrscht und zügellos rammelte er seine Schülerin, die mit gefesselten Händen völlig hilflos vor ihm auf dem Boden lag. Jetzt hatte er sie sich gefügig gemacht. Sie gehörte nun ihm. Alles andere zählte nicht mehr, hatte keinerlei Bedeutung mehr für ihn.

„Nimm mich!", stöhnte Kate immer lauter. Sie bekam einfach nicht genug von ihm. Sie wünschte sich, es würde niemals enden. Sein hartes Glied rieb immer kräftiger an ihr. Es war einfach unglaublich. Sie konnte den Orgasmus nicht länger zurückhalten. Als sie kam, lockerten sich ihre verspannten Muskeln wieder.

Callahan vögelte sie unbeirrt weiter. Bevor er seinen Orgasmus herannahen fühlte, entzog er sich ihr hastig und zog sie dicht zu sich heran. Er presste ihren Kopf fest gegen seine Lenden. Er konnte Kates heißen Atem auf seiner Eichel spüren. Und dann leckte sie mit ihrer Zunge zärtlich darüber, nahm ihn vollständig in sich auf. Sie schmeckte ihren Lustsaft, der noch darauf haftete. Mit der Zunge rieb sie kräftig über seinen Schaft. Biss liebevoll in das harte Fleisch.

Callahan entlud sich mit einem brünstigen Schrei, den er nur mühsam unterdrücken konnte.

Er zog sie zu sich hoch und küsste sie stürmisch.

„Leck ihn sauber!", flüsterte er ihr leise zu. Mit einer schnellen Handbewegung drückte er sie wieder hinunter. Ihr schönes Gesicht auf seinem Geschlecht erregte ihn sehr.

Kate sah zu ihm auf. Ihr verruchter Blick war *Tausend Sünden* wert. Das war ihm klar. Sie dabei zu beobachten, wenn sie an ihm lutschte wie an einer Zuckerstange, bescherte ihm ein unbändiges Glücksgefühl. Immer noch aufrecht stand sein harter Penis von seinem Körper ab. Spielerisch leckte sie mit ihrer Zunge darüber.

Fest rieb sie daran. Ihr Speichel vermischte sich mit seinem und ihrem Saft und haftete an ihrem Mund. Genüsslich leckte sie sich immer wieder über die Lippen. Sie saugte an ihm und nahm ihn vollständig in sich auf. Callahan fühlte, wie die Lust auf sie erneut sein erschlafftes Glied wieder hart werden ließ. Kate raubte es fast den Atem. So tief trieb er sich in sie hinein. Er missbrauchte ihren schönen Mund, um sich daran zu befriedigen. „Schluck alles!", stieß er im selben Moment aus, als er den zweiten Höhepunkt bekam. Stoßweise spritzte sein salziges Sperma aus seinem Penis heraus. Sein Schwanz zuckte noch lange danach vor Befriedigung!

Kate war seit dieser Nacht Callahan hörig.

***

„Kate!... Kate!... Miss Steel!", fauchte Richard sie bösartig an.

Er hatte schon längst bemerkt, dass mit Kate etwas nicht stimmte. Sie wollte mit ihm nicht mehr vögeln, er durfte sie noch nicht einmal mehr berühren, wenn sie für einen kurzen Augenblick alleine im Klassenzimmer waren.

Was ihm jedoch nicht entgangen war: Kate schien nur noch Augen für diesen neuen *Möchtegern-Lehrer* zu haben. Das war wohl auch der Grund, weswegen er ihn nicht besonders gut leiden konnte. Er hielt nicht sonderlich viel von ihm, widersprach ihm bei jeder erdenklichen Gelegenheit und hatte grundsätzlich eine andere Meinung als er. Richard ging sogar so weit, dass er ihn bei jeder Kleinigkeit beim Direktor anschwärzte. Zu seinem großen Überdruss starrte Kate während seines Unterrichts andauernd aus dem Fenster oder malte ständig Herzen in ihr Heft. Er hatte dies wohl bemerkt. Trotzdem manipulierte er weiterhin ihre Noten. Er kannte Kate. Sie war launisch.

Möglicherweise legte sich das ja in ein paar Tagen wieder, dachte er. Nichtsdestotrotz war ihm aufgefallen, dass sich Kates schulische Leistungen verbessert hatten.

Nun ärgerte er sich nicht nur über sie, weil sie ihn ignorierte, vielmehr ärgerte er sich in diesem Moment darüber, dass sie schon wieder Herzen in ihr Heft malte. Dabei umspielte ein merkwürdiges Lächeln ihre Lippen. *Obwohl es ja gar nichts zu lachen gab!* Als sie dann auch noch auf seine Frage wiederholt nicht reagierte, fauchte er sie bösartig an, um wenigstens dadurch ihre Aufmerksamkeit zu erlangen.

Kate sah gelangweilt zu ihm auf. Und schon wieder warf sie ihm diesen kühlen Blick zu. *Was soll das Ganze nur!* Er fühlte, wie unbändige Wut in ihm aufstieg.

***

Kate dachte an Callahan.

Ihr Heft lag aufgeschlagen vor ihr. Sie nahm einen Rotstift in die Hand und malte ein geschnörkeltes *D* hinein, nur um es gleich wieder mit einem Herz zu übermalen. Schließlich durfte ja niemand wissen, dass sie es jede Nacht trieben wie die wilden Tiere. Am geilsten fand sie es, wenn er sie ans Lehrerpult fesselte. Oft hatten sie sich nachts hinunter geschlichen, weil er sie im Klassenzimmer auf seinem Pult vernaschen wollte. Manchmal musste sie sogar nackt dort auf ihn warten. Oder er sah ihr nur zu, wie sie sich selbst befriedigte. Es bereitete ihm sogar große Lust, ein Stück Kreide in ihren Mösensaft zu tunken, nur um sie dann anschließend liebevoll mit der Kreide zu vögeln. Am nächsten Tag schrieb er dann genau mit dieser Kreide an die Tafel. Kate fand das Verhältnis mit ihm so aufregend, sie liebte es, all diese verbotenen Dinge mit ihm zu tun.

Andere Jungs interessierten sie nicht mehr. Schließlich hatte Callahan ihr verboten, sich mit anderen Männern zu treffen. Er war der Einzige, der sie berühren durfte. Und dieses Recht ließ er sich von niemandem nehmen. Kate hielt sich strikt an seine Anweisungen. Ihr war klar, dass sie keine zweite Chance von ihm bekam, wenn sie es verbockte.

Sie liebte ihn. Deshalb war sie auch zu allem bereit.

An den Vormittagen hatte sie grundsätzlich Schmetterlinge im Bauch. Die Blicke, die sie sich heimlich zuwarfen, brachten sie um den Verstand. Niemand ahnte von ihrer Liebe. Manchmal tadelte er sie sogar vor den anderen Mädchen. Er sagte, es sei nötig, denn niemand dürfe Verdacht schöpfen. Und Kate glaubte ihm jedes Wort. Schließlich war sie über beide Ohren in ihn verliebt. Während ihre Gedanken um Callahan kreisten, holte sie Richards grelle Stimme wieder auf den Boden der Tatsachen zurück. Sie sah zu ihm auf.

„Miss Steel, nach der Stunde will ich Sie sprechen!" Dann fuhr er mit dem Unterricht fort.

Kate wusste genau, was das zu bedeuten hatte. Nicht umsonst hatte er sie mit *Miss Steel* angesprochen. Aber sie würde eisern bleiben. Sie würde nicht mit ihm schlafen. Sie wollte Daniel Callahan nicht verlieren; *vor allem wollte sie ihn aber nicht betrügen.*

Die Schulglocke läutete. Es war ein dröhnender, hässlicher Laut. Die anderen Mädchen stürmten sofort hinaus. Nachdem auch Lucy als Letzte das Klassenzimmer verlassen hatte, schloss Richard hinter ihr die Tür. Kate blieb vor dem Lehrerpult stehen und wartete darauf, was ihr Richard zu sagen hatte, obwohl sie genau wusste, was er ihr sagen wollte.

„Was ist los mit dir?", fragte er leise.

Kate antwortete nicht, sondern starrte nur auf den Boden.

Richard wiederholte seine Frage. Dabei strich er ihr sanft mit der Hand über die Wange. Nachdem sie nicht darauf reagiert hatte, fasste er ihr in den Schritt. Als sie nun zurückwich, wurde er wütend.

„Wieso machst du das?! Vermisst du mich denn gar nicht?", fragte er. Doch seine Stimme klang schroffer, als er es beabsichtigt hatte.

„Es ist aus."

„Was soll das heißen?"

Kate wandte sich von ihm ab. Sie konnte ihm nicht in die Augen sehen. Doch das war ein Fehler. In seiner Wut verlor Richard die

Beherrschung. Er packte das Mädchen am Hals und drückte sie auf das Pult herunter. Mit der freien Hand fuhr er ihr unter den Rock. Alles ging so verdammt schnell. Ehe sich Kate darüber im Klaren war, was gerade passierte, lag sie wehrlos vor ihm auf dem Lehrerpult. „So! Du willst also nicht mehr mit mir ficken... ist es das, was du mir damit sagen willst?!", fegte er sie wütend an.

Kate versuchte sich zu wehren, aber gegen seinen eisernen Griff kam sie nicht an. Sie fühlte seine Hand zwischen ihren Beinen, spürte wie er versuchte, ihr das Höschen herunter zu zerren. Mit seinem Angriff hatte sie nicht gerechnet. Sie wollte schreien, doch er presste seine Hand auf ihren Mund. „Sei still, du Schlampe!", fauchte er sie an.

***

Callahan sah auf die Uhr. Gleich würde die Schulglocke läuten.

Er wollte den Augenblick nicht verpassen, wenn Kate das Klassenzimmer wechselte. Er sehnte sich nach diesen kurzen Augenblicken, wenn er ihr im Vorbeigehen einen heimlichen Blick zuwerfen konnte oder gar ihre Hand berührte, wenn er sie unbemerkt streifte. Das versüßte ihm seinen Vormittag. Er war vernarrt in dieses Mädchen, das er beherrschte, wenn sie nachts zu ihm kam. Sie war für ihn die Luft, die er zum Atmen brauchte. Callahan war verrückt nach ihr.

Endlich. Die Schulglocke läutete. Er packte hastig seine Bücher ein und verließ den Raum. Der Gang füllte sich rasch mit Schülerinnen, die aus den Klassenzimmern strömten. Es war laut und überall war Geflüster und Gelächter zu hören. Von weitem sah er schon, dass Kates Mitschülerinnen das Klassenzimmer verließen. Nur Kate konnte er noch nicht entdecken. Callahan verlangsamte seine Schritte. Er behielt die Tür im Auge. Als er beim Vorbeigehen aus den Augenwinkeln heraus wahrnahm, dass jemand die Tür zum Klassenzimmer schloss, machte er sofort kehrt. Kate musste sich noch darin aufhalten. Und dann schoss ihm ein Gedanke durch den Kopf. *Richard!* Er musste noch mit ihr da drinnen sein.

Callahan wartete weitere zwei Minuten. Als Kate immer noch nicht herauskam, beschloss er hineinzugehen. Niemand konnte ihm einen Vorwurf machen. Schließlich war er noch neu hier und da war es nicht abwegig, wenn er mal versehentlich im falschen Klassenzimmer landete. Ohne weiter darüber nachzudenken, riss er die Tür auf. Der Anblick, der ihn erwartete, versetzte ihm einen Schlag ins Gesicht. Er sprang auf Richard zu und warf sich brüllend auf ihn. Es dauerte keine halbe Minute und das Klassenzimmer füllte sich mit neugierigen Blicken. Callahan meldete diesen Vorfall sofort dem Direktor; daraufhin wurde Richard entlassen.

In dieser Nacht hatte Callahan Kate nicht vernascht. Er hatte sie lediglich fest in seinen Armen gehalten.

***

Kate lag splitternackt über dem Lehrerpult auf dem Bauch. Mitternacht war schon längst vorbei. Sie spürte Daniels Hände auf ihrer nackten Haut. Zärtlich strich er ihr über die Brüste, fuhr mit seinen Händen immer tiefer, bis sie zwischen ihren Beinen verharrten. Sie konnte sich nicht wehren, denn er hatte sie gefesselt. Ihr Geilheitssaft lief ihr die Beine entlang und tropfte auf den Boden. Sie war furchtbar erregt. Konnte seinen warmen Atem im Nacken spüren. „Kate…", flüsterte er ihr leise zu. „… soll Ich dich jetzt vernaschen?"

Sie stöhnte lasziv und rieb ihren Hintern kraftvoll gegen seine Lenden. Sie spürte seinen harten Schwanz zwischen ihren Schenkeln. „Ja.", sagte sie lüstern.

„Das hat mich jetzt aber noch nicht so ganz überzeugt. Du kannst das doch bestImmt besser, oder?" Er leckte ihr lustvoll übers Ohrläppchen und rieb kräftig mit der Hand an ihrer Möse.

Ein wollüstiges Stöhnen entwich ihrer Kehle. „Nimm mich endlich!"

zügellos

Jessica Moss kam gerade aus der Mädchendusche.

Sie trocknete sich hastig ab, schlüpfte in ihre Jeans und zog sich ein Shirt über ihr nasses Haar. Dann öffnete sie den Spind und betrachtete ihr Spiegelbild. Ein paar Haarsträhnen klebten ihr im Gesicht fest. Ihr blondes Haar war jetzt wesentlich dunkler als sonst. Sie sah ihrer Mutter immer ähnlicher. Nur, dass sie sie wesentlich hübscher fand. Die vollen Lippen kamen nach ihrem Vater. Er sagte immer zu ihr, sie habe ein schönes Gesicht, aber er musste das ja auch sagen. *Schließlich war er ihr Dad.* Sie wandte sich vom Spiegel ab und ließ sich auf der Bank nieder. Gedankenverloren starrte sie auf die Pumps, die vor ihr lagen.

Sie hasste den Sportunterricht. Am liebsten hätte sie sich davon befreien lassen, aber es gab einen guten Grund, es nicht zu tun. Und der Grund hieß: *Eric Compten.* Eric war an der *Highschool* der beliebteste Junge. Heiß begehrt und unheimlich sexy. Alle Mädchen an ihrer Schule schwärmten von dem hochgewachsenen jungen Mann mit dem gewellten, schwarzen Haar. Das tiefe Grün seiner Augen brachte jedes Mädchen um den Verstand. Er erreichte mit seinem betörenden Blick immer, was er wollte. Nur mit den schönsten Mädchen umgab er sich. Sie belagerten ihn regelrecht im Schulhof. Es verbreitete sich immer wie ein Lauffeuer, wenn Eric wieder solo war. Dann standen die Mädchen wieder reihenweise Schlange und bemühten sich um seine Gunst. Es hieß sogar, dass Eric und sein bester Freund, *Bill Phoenix,* an den Wochenenden immer wilde Sex-Orgien feierten. Doch Jessica hielt dies lediglich für ein dummes Gerücht. Sie war verliebt in Eric und konnte sich nicht vorstellen, dass er so zügellos sein konnte. Sie wollte den Tratsch über ihn einfach nicht glauben. Die Mädchen, die sich auf Eric und Bill eingelassen hatten, berichteten jedoch zunehmends von wilden

Partys und zügellosen Sex-Exzessen. Doch Jessica wollte davon nichts hören. Immer wenn das Gespräch darauf fiel, entfernte sie sich automatisch von der Gruppe. In ihrer Fantasie war Eric ein anständiger Junge; zwar unerreichbar für sie, da er sich mit Strebern nicht umgab, aber dennoch anständig.

Eric war der *edle Prinz* in Jessicas Träumen. Aber wenn sie ehrlich zu sich selbst war, dann wusste sie genau, dass ihre Vorstellungen von Eric nichts weiter als eine Lüge waren. Denn so wie er sich nach außen hin gab, konnte er unmöglich ein edler Prinz sein. Jeden Tag nahm sie sich aufs Neue vor, Eric anzusprechen. Ihr fehlte aber entschieden der Mut dazu. Deshalb änderte sie an dieser trostlosen Situation auch nichts. Sie fürchtete zudem, von ihm abgewiesen zu werden, also blieb ihr nur die Schwärmerei aus der Ferne. Zu allem Überfluss redete sie sich sogar ein, bei ihm keinerlei reelle Chance zu haben. Niemals hätte sie so unanständig sein können wie die anderen Mädchen.

Da Eric andere Fächer belegt hatte als sie und sie ihm fast nie im Schulhof über den Weg lief, bekam sie ihn lediglich während des Sportunterrichts zu Gesicht. Das waren für Jessica die schönsten Schulstunden des Tages.

In der Mädchenumkleide war es still. Die anderen Schulmädchen waren alle schon weg. Sie war eigentlich immer die Letzte. Es lag aber nur daran, weil sie sich nach dem Sportunterricht meist ihren Träumen hingab. Zwei ganze Stunden lang Eric so nah zu sein, war das Highlight einer ganzen Schulwoche, das sie gerne alleine auskostete. Und nirgendwo war sie ungestörter als hier.

Plötzlich wurde sie durch wildes Gelächter aus den Gedanken gerissen. Jessica sprang auf, machte einen Satz auf die Bank und lugte über den Spind zur Tür hinüber.

Olivia und Ruby, zwei arrogante Mädchen aus ihrer Klasse, hatten soeben die Mädchenumkleidekabine betreten.

Jessica rutschte sprichwörtlich das Herz ins Höschen. Hinter den beiden tauchte Eric auf! Sie duckte sich rasch, stieg leise von der

Bank und schlich unbemerkt zur Mädchendusche. Sie konnte sich gerade noch rechtzeitig verstecken, bevor die anderen um die Ecke bogen.

***

Eric betrat die Mädchenumkleidekabine.

Er schloss hinter sich die Tür und folgte den beiden Mädchen in die hinterste Ecke der Umkleidekabine, um sich hinter den Garderobenschränken mit ihnen zu vergnügen. Olivia und Ruby hatten ihn schon die ganze Woche belagert und ihm immer wieder per SMS anzügliche Angebote geschickt. Während des Sportunterrichts hatten sie ihm dann einen Zettel zugesteckt, in dem sie ihn aufgefordert hatten, sich mit ihnen nach dem Sportunterricht in der Umkleide zu treffen. Sie wollten ihm das Schauspiel seines Lebens bieten, was auch immer sich die beiden darunter vorgestellt hatten. Eric war so einiges gewohnt und was den Sex betraf sogar ziemlich anspruchsvoll. Auf ein kurzes Abenteuer ließ er sich immer gerne ein. „Und? Was habt ihr mir zu bieten?", fragte er beiläufig und ließ sich auf der Bank nieder. Pumps, die im Weg herumlagen, stieß er mit seinem Fuß unter die Bank. Er musterte die beiden Mädchen skeptisch, die wie aufgescheuchte Hühner gackerten.

Ruby flüsterte Olivia etwas zu, dann ließen beide auf ihr Kommando die Hüllen fallen. Eric wurde aufmerksam. Sein Penis zuckte in der Hose und richtete sich langsam auf. Ruby zog Olivia zu sich heran und küsste sie zaghaft auf die Lippen. Mit der Hand fingerte sie zwischen Olivias Beinen herum, ohne jedoch ernsthafte Anstalten zu machen, sie tatsächlich zu berühren. Sie machte lediglich zweifelhafte Andeutungen darauf, es tun zu wollen. Ihre anzüglichen Anspielungen wirkten ziemlich stümperhaft.

„Ist das alles?", rief Eric den beiden gelangweilt zu. Er öffnete den Hosenschlitz und rieb an seinem Penis. So richtig wollte er sich bei dem anspruchslosen Treiben der beiden nicht aufstellen. Sie küssten sich zwar gegenseitig, aber fummelten nur unbeholfen an ihren Brüsten herum. Für Erics Empfinden war das ein ziemlich ödes Schauspiel. Er sah schon, dass er hier Abhilfe schaffen musste, damit es nicht noch in tödliche Langeweile ausartete.

„Komm her, Ruby." Er streckte die Hand nach ihr aus. Sie ließ sofort von Olivia ab, und machte einen Schritt auf ihn zu. Sie lachte Olivia höhnisch ins Gesicht, weil er ihr den Vorzug gab. Olivia machte unerwartet einen Satz nach vorn und drängelte sich vor Ruby. „Ich kann das viel besser!", sagte sie und warf sich vor ihm auf die Knie. Unbeholfen fummelte sie mit ihren Händen an ihm herum.

„So funktioniert das nicht!" Eric war vollkommen entnervt. Hätte er sich nur nicht auf die zwei eingelassen. *Eigentlich hätte er wissen müssen, dass sie es nicht drauf hatten.* Aber nun war er schon mal hier und so unverrichteter Dinge wollte er auch nicht wieder gehen. Daher beschloss er, den beiden eine letzte Chance zu geben. „Also, ich stell mir das jetzt so vor. Während du ihre Pussy leckst, rammle ich dich von Hinten wie ein Karnickel! Auf diese Art und Weise haben wir alle drei unseren Spaß. Ansonsten wird das hier eine ziemlich langweilige Nummer." Die Mädchen sahen sich an. Sie waren unschlüssig. Eric ließ sich davon jedoch nicht beirren und machte den Anfang. Er legte seine Hand auf Olivias Schulter, die immer noch vor ihm kniete, und drückte sie sacht auf den Boden. „Leg dich hin!", sagte er bestimmt. Er griff nach Rubys Hand und zog sie zu Olivia hinunter. „Leck sie!"

Eric konnte mit Worten zwar nicht besonders gut umgehen, er besaß jedoch einen unwiderstehlichen Scharm. Die beiden liefen ihm schon den halben Sommer hinterher, deshalb gingen sie auch jetzt so bedingungslos auf seine Wünsche ein. Mit Eric zu schlafen war geradezu ein Privileg. Und das ließ sich keines der Mädchen entgehen, wenn sich die Gelegenheit dazu bot. Ruby zögerte zwar für einen kurzen Moment, doch dann besann sie sich wieder. Sie lächelte Eric verführerisch an – *sie versuchte es zumindest* – dann beugte sie sich über Olivias Scham. Ihren Hintern streckte sie dabei unbeholfen in die Höhe. Eigentlich sah diese Stellung ziemlich komisch aus. Zuerst leckte Ruby nur zaghaft mit der Zungenspitze über Olivias Schamlippen. Doch plötzlich wurde sie mutiger. Angestachelt von ihrer eigenen Geilheit saugte sie nun stürmischer an ihr. Sie lutschte an ihr wie an einem Lolli. Niemals hätte es Ruby für möglich gehalten, solche Lust dabei zu empfinden, einem anderen Mädchen die Möse zu lecken.

Olivia stöhnte lasziv, als sie Rubys Zunge spürte. Sie schloss die Augen und ließ sich von ihrer eigenen Fantasie leiten. Ruby war ihrem Geschlecht so nah, dass sie ihren Atem darauf spüren konnte. Sie stellte sich plötzlich vor, dass nicht Ruby, sondern ihre schöne Musiklehrerin, Miss Moon, ihren Kopf zwischen ihren Schenkeln vergrub. Dieser verruchte Gedanke, der ihr unbewusst immer wieder in den Sinn kam, schürte mit einem Mal ihr inneres Feuer.

Eric beobachtete dieses trostlose Sexspiel.

Er hatte sich noch nie so gelangweilt, aber nun war er schon mal hier und er wollte sich Befriedigung verschaffen. Im selben Moment erhob er sich, als Ruby ihr Gesicht erneut tief in Olivias Lustzone tauchte. Er zog sich hastig sein T-Shirt über den Kopf und schlüpfte aus der Hose. Hinter Ruby ließ er sich auf die Knie fallen. Mit seinen Händen berührte er Rubys Pobacken, die sich ihm so appetitlich darboten. Da er aber schon weitaus Geileres gesehen hatte, bemühte er sich nicht sonderlich, den beiden jungen Frauen zu gefallen, sondern wollte lediglich zum Höhepunkt kommen, um diesem *unprofessionellen Geficke* baldmöglichst ein Ende zu bereiten. Er drang, ohne noch eine Minute länger zu warten, in sie ein. Er rammelte sie wie ein geiler Bock, nur darauf bedacht, schnellstmöglich seinen Höhepunkt zu erlangen. Rubys Gesicht wurde bei jedem seiner kraftvollen Stöße immer fester gegen Olivias Unterleib gepresst. Es fiel ihr unheimlich schwer, sich weiterhin aufs Lecken zu konzentrieren. Bevor sie sich jedoch eine neue Taktik überlegen konnte, war Eric schon fertig.

Er zog sich aus ihr wieder zurück und entlud sich. Ohne ein weiteres Wort zu verlieren, richtete er sich wieder auf.

Die beiden Mädchen sahen ihn stumm an. Ihnen war klar, dass ihm der Sex nicht sonderlich gut gefallen hatte. Beschämt zogen sie sich an.

„Ich brauche ein Handtuch.", sagte er nüchtern.

„Wieso?" Olivia sah ihn fragend an. Doch er ließ sie einfach stehen.

Ruby eilte zu ihrem Spind und holte ein frisches Handtuch heraus.

„Wo ist die Dusche?", wollte Eric wissen.

Ruby zeigte mit ihrem Finger auf eine grüne Metalltür, die einen Spaltbreit offen stand und zur Mädchendusche führte.

„Wenn ich wieder herauskomme, seid ihr weg! Verstanden?" Eric gab sich kühl und reserviert, denn es war ihm egal, ob er sie mit seinem arroganten Verhalten verletzte.

Die beiden Mädchen nickten und sahen Eric sehnsüchtig hinterher. Ihnen war in diesem Moment klar, dass es wohl kein weiteres Treffen mit Eric Compten mehr geben würde. Sie hatten kläglich versagt. „Zu niemandem ein Wort!", flüsterte Olivia leise. Sie packte Ruby bei der Hand und eilte mit ihr aus dem Umkleideraum.

***

Instinktiv zog Jessica den Reißverschluss ihrer Jeans wieder hoch. Sie roch an ihren Fingern. Sie konnte es nicht fassen. Ihre Finger rochen tatsächlich nach ihrem Saft. Sie hatte unbewusst masturbiert, während sie heimlich das Sexgelage der drei beobachtet hatte. Die Geilheit hatte sie einfach überrannt.

Mit pochendem Herzschlag hatte sie das Liebesspiel der drei beobachtet. Einerseits fühlte sie sich davon angewidert, andererseits konnte sie ihre Augen von Erics muskulösem Körper nicht abwenden. Es hatte sie erregt, ihn nackt zu sehen. Die anderen beiden Mädchen hatte sie kaum wahrgenommen. Dafür ihn umso mehr. Und nun kam er geradewegs mit einem Handtuch in der Hand auf sie zu. Jessica verlor die Nerven. *Er würde sie entdecken. Er würde wissen, dass sie alles gesehen hatte. Was sollte sie nur tun?!* Jessica schaute sich hastig um. Sie hatte keine Möglichkeit mehr, sich zu verstecken. Wenn er in die Dusche käme, würde er sie unweigerlich entdecken.

Und dann stand er plötzlich vor ihr.

***

Eric sah sich nicht mehr zu den beiden Mädchen um, sondern ging geradewegs auf die Mädchendusche zu. Er wollte sich den Saft der beiden langweiligsten Frauen, die er jemals gefickt hatte, herunterwaschen.

Als er die Dusche betrat, war er vollkommen perplex. Plötzlich stand *Jessica Moss* vor ihm.

Sie war ihm schon vor ein paar Monaten aufgefallen. Er hatte sich oft gefragt, wieso sie einen solch unerklärlichen und unwiderstehlichen Reiz auf ihn ausübte. Für eine Streberin sah sie viel zu gut aus. *War es ihre Unschuld, die ihn reizte?* Er hatte sie noch mit keinem Jungen zusammen an der Schule gesehen. So wie es aussah, war sie solo. Möglicherweise war aber einer der Gründe für sein wachsendes Interesse an Jessica, dass sie *kein* Interesse an ihm zeigte. Sie sah ihn ja noch nicht einmal an. Oft hatte er vergeblich Blickkontakt zu ihr gesucht. Zudem schien es leichter zu sein, mit einem Papierkorb ein Gespräch anzufangen als mit ihr. Kein Mädchen war so in sich geschlossen wie sie. Er verstand auch nicht, warum es ihm so schwer gefallen war, einfach auf sie zuzugehen. Er hatte eindeutig Angst gehabt, von ihr zurückgewiesen zu werden. Dies hätte nur seine männliche Eitelkeit verletzt und er wollte sich nicht zum Gespött der Leute machen lassen.

Bill hatte sich bei jeder Gelegenheit lustig über *Jessica Moss* gemacht. Für ihn war sie nichts weiter als eine dumme Streberin. Eric wusste das. Deshalb hatte er sich seinem Freund auch nicht anvertraut und seine Gefühle für sich behalten. Nachdem es ihm nicht gelungen war, Jessicas Aufmerksamkeit zu erlangen, hatte er sich mit anderen jungen Frauen getröstet, um nicht mehr an dieses seltsame Mädchen denken zu müssen.

Also stürzte er sich von einer Liebschaft in die nächste. Sex war für ihn das beste Heilmittel, das es gegen Liebeskummer gab. Und es schien zu helfen. Er dachte immer weniger an sie. Er vermied es sogar, ihr über den Weg zu laufen. Und wenn er Jessica schon von weitem sah, machte er einen großen Bogen um sie. Er belegte sogar andere Kurse. Und irgendwann redete er sich ein, niemals in sie verliebt gewesen zu sein. *Wahrscheinlich war es nur eine Laune der Natur. Möglicherweise hatte er ja nur etwas Falsches gegessen. Oder der Alkohol war schuld daran.* Tatsache war, dass er seit einigen Wochen keinen einzigen Gedanken mehr an Jessica verschwendet hatte. Sie hatte sich buchstäblich in Luft aufgelöst.

Und nun stand genau dieses Mädchen vor ihm, das er schon seit Monaten versucht hatte zu vergessen. Und mit großer Wahrscheinlichkeit hatte sie auch noch zu allem Überfluss den peinlichen Auftritt in der Umkleidekabine mitbekommen.

Das konnte doch nicht wahr sein! Das war doch nur ein schlechter Witz! Eric verlor die Nerven. Ohne ein Wort zu verlieren, drehte er sich um, eilte in die Umkleidekabine zurück, schlüpfte hastig in seine Kleidung und stürmte hinaus.

Jessica blieb alleine zurück. Verwundert sah sie ihm hinterher.

***

Zur selben Stunde!

Eva rekelte sich auf dem Rücken wie eine Katze. Sie lag mit gespreizten Beinen und ausgestreckten Armen nackt auf dem massiven Küchentisch von Bills Eltern, die für zwei Wochen aufs Land gefahren waren. Ihr laszives Stöhnen durchdrang den großen Raum. Evas pechschwarzes Haar bedeckte den oberen Teil der Tischplatte. Verführerisch leckte sie sich über die Lippen. Sie war

81

bereit dazu, sich den anderen beiden lustvoll hinzugeben, die sie über eine Kontaktanzeige im Internet kennengelernt hatte.

Bill kettete mit größter Sorgfalt Evas Beine an den Tisch und legte ihr Handschellen an, die er wiederum am Tischgestell festband. Diese Vorrichtung hatte er sich eigens dafür anfertigen lassen. Fesselspiele reizten ihn sehr, wobei er sich selbst nur ungern in die Fänge einer Frau begab. Er war nicht der Typ, der sich einer Frau bedingungslos auslieferte. Mit einer Feinstrumpfhose schnürte er sorgfältig Evas Scham ab, damit ihre Schamlippen weit abstanden und der Reiz beim Lecken dadurch erhöht wurde. Das Nylon verlief an der Scheide entlang und bohrte sich regelrecht in die Pospalte. Sogar der Reiz auf Evas Anus erhöhte sich dadurch. Die Geilheit wurde schon fast unerträglich. Eva lechzte förmlich nach Befriedigung. Lüstern beobachtete sie ihn dabei.

Helen hingegen wand sich wie eine Schlange auf Evas nacktem Körper hin und her, bis sie über ihrem Gesicht in die Hocke ging. „Leck mich, du Schlampe!", rief sie ihr leise zu. Als sie Evas Zunge spürte, beugte sie sich tief über Evas flachen Bauch, bis sie ihn mit ihren Brüsten berührte, und leckte ebenfalls genüsslich mit der Zungenspitze über ihre feuchte Lustzone. Sie kreiste mit der Zunge über ihre nassen Falten und lutschte an ihren erregten Schamlippen. Mit ihren prallen Brüsten rieb sie kräftig an der zarten Haut ihrer Gespielin, bis die Nippel hart von ihren Möpsen abstanden. Ihre Brustwarzen waren *gepierct* und eine Silberkette, die Helen normalerweise um den Hals trug, verband nun die beiden Nippelringe miteinander. Um sich selbst einen süßen Schmerz zuzufügen, zog Helen immer wieder lustvoll an der Kette, während sie immer fester mit der Hand über Evas erogene Zone rieb. Dabei schob sie ihr langsam zwei Finger tief hinein, um sie genießerisch zu fingern.

Ein riesiger Dildo aus Ebenholz lag auf dem Tisch. Bill hatte ihn zufällig im Internet entdeckt, als er wieder einmal gewisse Erotikseiten durchforstete. Allein der Gedanke, die weiche Möse einer Frau mit hartem Holz zu durchdringen, hatte ihn so scharf gemacht, dass er diesen sündigen Gegenstand unbedingt haben wollte. Eine Pferdepeitsche hatte er gleich mit dazubestellt. Der Anblick der beiden heißen Mädchen, die sich gegenseitig leckten, erregte Bill sehr. Er beobachtete gierig das Sexgelage der beiden und rieb dabei fest an seinem steifen Penis. Nur einige Minuten später wuchtete er sich ebenfalls auf den massiven Holztisch, drang ohne zu zögern in Helens enge Öffnung ein und befahl Eva, ihn ebenfalls zu lecken. Bill konnte seine Geilheit kaum noch zügeln. *Ficken* war seine große Leidenschaft. Während er sich immer tiefer in Helen trieb, packte er sie an ihrer blonden Haarmähne wie ein Pferd an den Zügeln. Nun ritt er sie wie ein geiler Hengst. Das Dreiergespann gab sich auf dem Küchentisch hemmungslos ihrer Lust hin. Ohne Tabu! Bill zog sich langsam wieder aus Helen zurück. Er nahm den Dildo in die Hand, um nun Helen damit zu beglücken. Behutsam schob er ihr den *Holzdildo* immer tiefer hinein. Ihre enge Öffnung weitete sich immer mehr. In diesem Moment verschmolz Helens Lust mit dem Schmerz, den sie durch Bills Behandlung erfuhr. Nachdem das Holzstück tief in ihrer Möse ruhte, befeuchtete er mit seinem Speichel Helens Rosette und drang behutsam in sie ein. Helen zerriss es schier. Nun rammelte Bill wild drauf los. Nichts hielt ihn mehr zurück. Die verzückten Lustschreie der drei waren im ganzen Haus zu hören. Völlig überreizt, sehnte er sich nach einem erlösenden Orgasmus. Um sich eine erste Befriedigung zu verschaffen, entlud sich Bill auf ihr. Helen spürte, wie sein warmes Sperma stoßweise auf ihren Hintern spritzte. Es lief ihr an den Pobacken entlang und tropfte direkt auf Eva hinab, die begierig darauf war, seinen Saft genüsslich von den Lippen zu lecken. Bill rieb indessen so lange an seinem Penis, bis er wieder kraftvoll in Helens Anus eindringen konnte. Nun übertönten seine brünstigen Schreie das wilde Stöhnen der beiden zügellosen Mädchen. *Unbändige, hemmungslose Sexgier hatte von ihnen Besitz ergriffen!*

Das aufdringliche Klingeln seines iPhones im Wohnzimmer ging in dem maßlosen Gerammel und den wilden, wollüstigen Lustschreien völlig unter.

***

Eric versuchte vergeblich, Bill zu erreichen, der sich in diesem Moment gerade mit Eva und Helen köstlich auf dem Küchentisch amüsierte und seiner grenzenlosen Wollust schamlos nachging. Nach dem Zusammenstoß mit Jessica in der Mädchendusche war Eric die Lust auf Bills *kleine private Sex-Party* komplett vergangen. Er schmiss sein *iPhone* frustriert in die Ecke, nachdem zum wiederholten Male Bills Mailbox angesprungen war.

Eric dachte nach. Jessica hatte wieder von seinen Gedanken Besitz ergriffen. Er konnte sich auf nichts anderes mehr konzentrieren. Ständig hatte er ihr schönes Gesicht vor Augen. Wie sie ihn nur angesehen hatte. *Unglaublich!* Dieser Blick. Es machte ihn regelrecht fertig. Sie raubte ihm sogar nachts den Schlaf. Er lag die ganze Nacht lang wach im Bett und wälzte sich hin und her. Am Morgen hatte er dann beschlossen, sie anzusprechen und seinem Liebeskummer ein Ende zu bereiten. Als er das Schulgebäude betreten hatte, verließ ihn jedoch wieder der ganze Mut und er machte einen großen Bogen um sie. Er hatte es geschafft, dass sich ihre Wege während der ganzen restlichen Schulwoche nicht mehr kreuzten. Er ging ihr systematisch aus dem Weg!

Als er sich dann in der darauffolgenden Woche auf den Weg zur Sporthalle gemacht hatte, stand sie plötzlich vor ihm. Er war so irritiert, dass er keinen Ton herausbrachte. *„Hast du dich verlaufen, Streberin?"*, hatte sie Bill sarkastisch gefragt und sich über sie lustig gemacht. Daraufhin machte Jessica kehrt und lief einfach davon.

Eric konnte sich kaum auf das Spiel konzentrieren. Und dann fand er nach dem Sportunterricht einen Zettel in seinem Spind.

Ich muss dich sprechen. Allein. Ich warte in der Umkleidekabine auf dich. Jessica

Was bildete sie sich nur ein? Zuerst beachtete sie ihn nicht und dann das!

Eric beschloss, den Zettel einfach zu ignorieren. Aber als die anderen Schüler die Sporthalle verließen, machte er sich auf den Weg zur Umkleidekabine der Mädchen.

***

Jessica lag die ganze Nacht lang wach. Sie bekam das Bild von Eric einfach nicht mehr aus dem Kopf. Allein der Gedanke an seinen muskulösen Körper ließ sie immer wieder erzittern. Die ganze Nacht wälzte sie sich hin und her. *War es wirklich so einfach, Eric zu verführen? Musste man sich nur nackt vor ihm ausziehen?* Olivia und Ruby hatten es getan und somit spielend leicht erreicht, was sie wollten. Sie hatten wohl auch den besten Sex ihres Lebens. Zumindest war sie überzeugt davon. Jessica dachte an Erics großen Schwanz. *O wie schön er war. Wäre doch nur sie diejenige gewesen, die er in der Umkleidekabine vernascht hätte! Wie konnte sie nur so primitiv sein!? Ging es ihr plötzlich nur noch um den Sex? Nein!* Sie wollte ja mehr, sie wollte Liebe, aber die schien so unerreichbar für sie zu sein, dass es schmerzte, wenn sie nur daran dachte. *Eric war so vollkommen.* Und sie? Sie war eben nur *Jessica!* Und so zerfloss sie in Selbstmitleid, während sie sich den Kopf darüber zerbrach, wie sie es anstellen könnte, Eric für sich zu gewinnen. In den frühen Morgenstunden war sie so zermürbt, dass ihr die Augen vor Müdigkeit zufielen. Erst gegen acht Uhr morgens wurde sie wach. Viel zu spät!

Und dann hatte sie einen Entschluss gefasst.

Sie würde sich damit zufrieden geben, nur ein einziges Mal mit Eric zu schlafen. Wenn sie ihn schon nicht haben konnte, wollte sie wenigstens eine Erinnerung an ihn besitzen, die sie mit niemandem

85

teilen musste, die ihr ganz alleine gehörte. Und es war ganz einfach: Sie musste sich lediglich vor ihm auszuziehen.

Sie hatte zwar keine Ahnung, ob sich ihr Liebeskummer dadurch nicht verschlimmern würde, wenn sie ihr Vorhaben in die Tat umsetzte, aber das Risiko war es ihr wert. Denn wenn sie Eric einfach so aufgab, würde sie es sich ihr Leben lang nie verzeihen.

Ihr Vorhaben war schwieriger als gedacht. Es war ihr die ganze Woche nicht gelungen, Eric über den Weg zu laufen. Egal, in welchen Gängen sie herumschlich, egal wie lange sie im Pausenhof auf die richtige Gelegenheit wartete, Eric traf sie kein einziges Mal an. Es war ganz und gar nicht einfach, Eric ihr *unmoralisches Angebot* zu unterbreiten. Aber dann kam ihr eine geniale Idee. Sie wollte ihn vor dem Sportunterricht ansprechen. Mit Bills dümmlichen Bemerkung hatte sie natürlich nicht gerechnet. Nun blieb ihr nur noch ein einziger Ausweg: Eric heimlich einen Zettel in den Spind zu legen.

Mit pochendem Herzen und Schmetterlingen im Bauch wartete sie nun in der Mädchenumkleidekabine auf ihn. Sie sah auf die Uhr. Es waren schon zwanzig Minuten vergangen, seit das letzte Mädchen den Raum verlassen hatte. *Würde er kommen?*

***

Eric sah sich ein letztes Mal um, bevor er die Umkleidekabine betrat.

Niemand mehr war auf dem Sportgelände.

Er schlich sich hinein und schloss hinter sich die Tür.

Instinktiv ging er zur hintersten Reihe der Garderobenschränke.

Und dann stand sie plötzlich vor ihm. So nah, dass er mit seiner Hand nach ihr hätte greifen können. Sein Herzschlag erhöhte sich rasant. Sie war so schön anzusehen. Eric starrte Jessica an, unfähig nur eine einzige Silbe über seine Lippen zu bringen.

Und dann machte sie etwas, womit er nicht gerechnet hatte. Sie ließ ihre Hüllen fallen. Es verschlug ihm regelrecht die Sprache. Sein

Puls beschleunigte sich schlagartig. „Jessica…", japste er und rang nach Luft, denn ihre Nacktheit schnürte ihm buchstäblich die Kehle zu. Ohne zu zögern, machte er einen Schritt auf sie zu und schloss sie in seine Arme. Seine Lippen berührten ihren Nacken, ihr Ohrläppchen, ihre Wange, ihren süßen Schmollmund. Es war, als hätten sie sich selbständig gemacht. Er küsste sie so leidenschaftlich, so wild und unbeherrscht, dass sie nach Luft rang. Und dann entfachte das Feuer der Leidenschaft in ihnen.

Eric riss sich hastig seine Kleidung vom Leib. Sein harter Penis presste sich zwischen ihre weichen Schenkel. Sein Gehirn signalisierte ihm nur noch eines: *er wollte sie haben.* Plötzlich überkam ihn ein furchtbarer Gedanke. *Was, wenn sie ihn nur benutzte? Oder es nur ein kleiner Flirt ohne Bedeutung für sie war? Nein! Das durfte nicht sein.* „Jessica… das ist kein Spiel!", flüsterte er ihr zu. Seine Stimme war rau vor Begehren. Zärtlich strich er ihr eine Haarsträhne aus dem Gesicht.

Jessica sah zu ihm auf. In ihren Augen spiegelte sich seine Leidenschaft wider. „Nein… es ist kein Spiel!", war alles was sie darauf erwiderte. Sie küssten sich stürmisch und sanken zu Boden. Die Sexgier übermannte sie beide und schürte ihre unbändige Lust und ihre Leidenschaft, die sich in den letzten Monaten in ihnen aufgestaut hatte. Jessica griff instinktiv nach seinem Penis. Leidenschaftlich rieb sie an ihm. In seiner Eichel pulsierte der Herzschlag, das Blut schoss in rasender Geschwindigkeit durch seine Adern und staute sich in seinem Intimbereich auf. Je kräftiger sie an ihm rieb, desto lauter stöhnte er ihren Namen. „Jessica… das fühlt sich so gut an…"

Sein dicker, harter Penis zwischen ihren Fingern übertraf all ihre Vorstellungskraft.

„Dreh dich bitte um…", bat er sie leise und leckte über ihr Ohrläppchen. Seine Zunge war rau und nass. Jessica fühlte ihren Herzschlag im Unterleib. Noch nie in ihrem Leben war sie so erregt gewesen wie in diesem Moment. Es raubte ihr den Atem, vernebelte all ihre Sinne. Schnell drehte sie sich um und stützte sich mit den Händen auf dem Boden ab. Sie presste ihren Hintern gegen seine Lenden und wartete nur darauf, dass es endlich passierte. Der Drang, ihn endlich tief in sich zu spüren, war immens groß.

Eric strich zärtlich über ihre prallen Pobacken. Liebevoll kniff er in das zarte Fleisch. Sanft berührte er mit dem Finger ihre feuchte Spalte. Der Saft haftete ihr zwischen den Beinen wie einer läufigen Hündin. Immer härter rieb Eric seine Hand an ihrer Möse, immer kräftiger zog er an ihren Schamlippen. Und dann konnte er sich nicht mehr zügeln. Er drang in sie ein und rammelte sie wie ein wildes Tier. All die Monate hatte er auf diesen einen Moment gewartet. All seine Lust hatte sich in ihm aufgestaut und ihm schlaflose Nächte bereitet. Und nun, da sie in all ihrer Nacktheit vor ihm kniete und ihr Becken im selben Rhythmus seiner harten Stöße kreiste, konnte er seinen Orgasmus nicht länger zurückhalten. Er überrollte ihn regelrecht.

Erics Gewicht lastete nun auf Jessicas zartem Körper und sie brach unter ihm fast zusammen. Sein Glied erschlaffte langsam und rutschte aus ihr heraus. „Es tut mir leid…", flüsterte er ihr zu. „Normalerweise passiert es nicht so schnell."

„Das macht doch nichts.", erwiderte sie leise. Sie war überglücklich, dass ihr Plan aufgegangen war.

„Sehen wir uns morgen wieder?"

Sie nickte.

Eric umklammerte sie fest mit seinen Armen. *Am liebsten hätte er sie nie wieder losgelassen.*

***

Eric und Jessica sorgten für viel Gesprächsstoff an der Schule. Niemand konnte sich so recht vorstellen, dass sich der heißeste Junge *der Highschool* mit einer Streberin abgab. Böse Zungen verbreiteten sogar das Gerücht, Eric wäre mit ihr nur zusammen, weil er sich seine Hausaufgaben von ihr machen ließe.

Doch die beiden schenkten diesem dummen Geschwätz keinerlei Beachtung.

Sogar Bill hatte aufgehört, seinen Sarkasmus an Jessica auszulassen. Er hielt diese Liebesbeziehung zwar nur für eine kurzfristige Laune seines Freundes, respektierte sie aber. *Nichtsdestotrotz weckte sie seine Neugier.*

***

Das warme Wasser prasselte über Jessicas nackte Haut. Sie dachte an Eric. Immer wenn er ihr in den Sinn kam, kribbelte es gewaltig zwischen ihren Beinen. Sie wurde regelrecht nass. Am Sinnlichsten war es aber, wenn ihr feuchter Slip zwischen den Schamlippen klebte und dadurch eine leichte Reibung auf ihrem Geschlecht verursachte. Sie fragte sich oft, warum sie permanent geil auf ihn war, beantwortete sich die Frage jedoch selbst, indem sie sich eingestand, dass die Sexgier von ihr Besitz ergriffen hatte!

Ihr ganzes Leben drehte sich nur noch um ihn. Der Sex zwischen den beiden war aufregend. Ständig ließ er sich etwas Neues einfallen, um ihre Geilheit zu schüren. Sie war richtiggehend süchtig danach.

Während sie unter der Dusche stand und an Eric dachte, schlich sich jemand in die Umkleidekabine.

***

Plötzlich fühlte sie seine Hände auf ihrer Haut. Sanft fuhren sie die weichen Konturen ihres Körpers entlang. Instinktiv schloss sie die Augen und saugte seine Berührungen regelrecht in sich auf. Sie fühlte seine Hände auf ihren Brüsten, sie fühlte sie zwischen ihren Schenkeln und sie spürte sie auf ihrer Scham. *Eric!*

Er presste seinen Körper fest gegen Ihren und küsste zärtlich ihren Nacken. Sanft leckte er mit der Zunge darüber. Jessica verging vor Lust, hielt die Lider weiterhin geschlossen und ließ sich von ihm leiten. *Härter als sonst* drückte er ihren Körper gegen die nassen

Fliesen, *härter als sonst* rieb er an ihrer Möse, doch diese neue Erfahrung schürte ihr inneres Feuer umso mehr. Er entlockte ihr ein leises Seufzen. „Eric...", stöhnte sie lasziv.

Und dann spürte sie sein hartes Glied zwischen ihren Schenkeln. Kräftig rieb er sich an ihrer Scheide. Diese Härte brachte sie regelrecht um den Verstand. Jessica stöhnte immer lauter. In diesem Moment war ihr sogar egal, ob sie jemand hören konnte. Sie ergab sich bedingungslos ihrer Lust.

Er hielt ihren Arm mit einer Hand eisern fest und drückte ihren Unterleib mit der anderen immer tiefer hinab. Sie spürte seine Beine, die sich kraftvoll zwischen ihre Schenkel schoben. Automatisch spreizte sie ihre Beine noch etwas weiter. Und dann fühlte sie seinen Schwanz in sich. Immer tiefer drang er in sie ein. „Schneller...", stöhnte sie laut. „Tiefer..." Das Gefühl, etwas völlig Neues mit ihm zu erleben, übermannte sie. Sie presste ihren Unterleib kräftig gegen seinen, um sein steifes Glied noch tiefer in sich aufzunehmen. Er rammelte sie ohne Unterlass. Das Wasser prasselte auf sie nieder, während sie sich ihrer Lust hingaben. Und dann, als sie seufzend kam, entzog er sich ihr schnell und spritzte ab. Sie spürte, wie sein Saft von dem warmen Wasser in die Tiefe mitgerissen wurde. Wild und unbeherrscht küsste er ihren Rücken, ihren Nacken, ihr Ohrläppchen. Er ließ immer noch nicht zu, dass sie sich zu ihm umdrehte. Das schürte erneut ihr inneres Feuer. Und dann verschwand er genauso schnell wieder aus der Dusche, wie er gekommen war. Jessica lehnte mit ihrem Gesicht immer noch an den nassen Fliesen und ließ sich vom Wasser berieseln.

„Eric...", flüsterte sie leise. Sie liebte seine Eigenheiten. Deshalb hatte sie sich auch niemals darüber gewundert, dass er während dieses Liebesspiels kein einziges Wort zu ihr gesagt hatte.

Das Schulmädchen

„Ja, Mr Croft?" Natalie Snow hatte sofort an der Nummer auf dem Display erkannt, dass er es war.

„Beweg sofort deinen *süßen Arsch* in mein Büro! Ich will dich *ficken.*", hauchte er in die Muschel. Jeden Morgen rief er seine Sekretärin zu sich. Schon vor Monaten hatte er ihr Gehorsam beigebracht und sie gelehrt, sich zu fügen. Letzte Woche hatte er sie sogar auf eine *Gang-Bang-Party* mitgenommen, damit seine Geschäftspartner ebenfalls in den Genuss kamen, sie ausgiebig zu vögeln. Sie hatte es richtig wild mit ihnen getrieben und konnte am nächsten Tag kaum noch auf dem Stuhl sitzen. *Diese Tatsache hatte Crofts Lust aber so immens gesteigert, dass er an jenem Tag im Büro ein Meeting einberufen hatte, bei dem Natalies süße Möse und ihr niedlicher Arsch wieder herhalten mussten.* Der unbändige Drang, seine Sekretärin immer wieder an andere Männer zu verleihen, beflügelte seine grenzenlose Fantasie. Für ihn war sie lediglich ein Sexobjekt.

Und sie verstand es sehr gut, Männer vollauf zu befriedigen und ihnen ihre sexuellen Wünsche zu erfüllen.

Niemand war so verrucht und verdorben wie sie.

Sebastian Jace Croft saß auf seinem Bürostuhl und wippte ungeduldig mit dem Fuß hin und her. Er wartete auf sie.

Croft war richtiggehend sexbesessen. Er nutzte jede noch so kleine Gelegenheit aus, um seinen Trieben nachzugehen. Nicht nur seine Sekretärin war ihm willig, sondern die meisten Frauen in seinem Umfeld.

Keine ließ es sich freiwillig entgehen, mit Sebastian Jace Croft, dem angesagtesten Börsenmagnaten der Stadt, zu vögeln. Schließlich erhoffte sich jede von ihnen, sein Herz zu erobern, um für den Rest ihres Lebens in Luxus zu schwelgen. Croft war sich wohl bewusst, warum sich ihm die Frauen an den Hals schmissen, deshalb verlor er gänzlich den Respekt vor ihnen. Für ihn waren sie reine Sexobjekte, an denen er sich laben konnte, bis sie ihn langweilten. Sein Repertoire an Frauen war gigantisch. Jede Nacht trieb er es mit einer anderen oder gar mit zwei oder drei Frauen gleichzeitig. Am Morgen sorgte aber grundsätzlich seine Sekretärin für seine sexuelle Befriedigung.

Croft hatte die vierzig zwar noch nicht überschritten, war aber bereits einer der reichsten Männer der Vereinigten Staaten. Sein milliardenschwerer Konzern schluckte fast tagtäglich kleinere Unternehmen. Er war kein Mann, der sich den Sex mit einer Frau erkaufen musste. Nein. Er zahlte nicht für ihre Liebesdienste. Er benutzte sie nur. Croft war ein attraktiver Mann, der davon überzeugt war, auch ohne sein Vermögen jede Frau ins Bett zu bekommen. Mit seinen strahlend blauen Augen hatte er schon viele bezirzt, denen nicht bewusst war, wen sie da eigentlich vor sich hatten. Er brachte sie dazu, sich ihm mit nur einem einzigen Wimpernschlag hinzugeben.

Croft richtete seinen Blick entnervt auf die Tür. *Wo war sie nur? Na endlich! Da kam sie!* Manchmal dauerte es ihm einfach zu lang. Und Zeit war für ihn das kostbarste Gut, das er besaß. Er wollte es nicht mit sinnloser Warterei verschwenden. Geduld war eine Tugend, die er nicht besaß.

Leise betrat sie sein Büro.

Natalie verriegelte rasch hinter sich die Tür, damit sie ungestört ihrer Sexlust nachgehen konnten. Sie war heute wieder sehr aufreizend angezogen. Während sie ihr langes, schwarzes Haar verführerisch nach hinten warf, stolzierte sie langsam auf ihn zu. Verlockend leckte sie sich mit der Zunge über ihre vollen Lippen. Sie wusste ganz genau, wie man es anstellen musste, um sich möglichst schnell in einem Unternehmen hochzubumsen.

Croft rollte sofort mit seinem Stuhl ein Stück weit zurück und befreite seinen steifen Penis aus der Enge seiner Hose. „Du hast dir aber ganz schön viel Zeit gelassen. Hast du es vorher noch Davidson besorgen müssen?", bemerkte er zynisch.

Natalie überhörte einfach seine spitze Bemerkung. Für sie war Croft *ein kleiner Lottogewinn,* denn wenn ihre Ex-Chefs ihr in den Sinn kamen, mit denen sie es schon getrieben hatte, waren Crofts zynische Bemerkungen ein richtiger Klacks dagegen. Außerdem gefiel ihr Croft. Sie fand ihn ausgesprochen sexy. Nicht nur seine Augen zogen sie magisch an, sondern auch sein muskulöser Körperbau. Es machte ihr auch verdammt viel Spaß, sein blondes Haar zu zerwühlen, wenn er an ihren Schamlippen saugte. Die Tatsache, dass er Milliardär war, war für Natalie nicht unerheblich. Als leidenschaftliche Nymphomanin ging sie aber völlig auf in ihrer Rolle als seine Sekretärin, obwohl sie genau genommen seine kleine Hure war.

Natalie sank unterwürfig vor ihm auf die Knie, umschloss zärtlich den Schaft seines Penis mit der Hand und leckte genüsslich darüber. Mit der Zungenspitze zog sie kleine Kreise auf seiner Eichel, während sie mit der Hand fest an ihm rieb.

Ein brünstiger Laut drang aus seiner Kehle, er verging richtiggehend vor Lust. Stürmisch zog er sie zu sich hoch und streifte ihr das Kleid über die Schenkel, bis ihre nackte Scheide hervorlugte. „*Du Luder!* Du hast ja gar keinen Slip an.", raunte er ihr leise ins Ohr. „Hat ihn Davidson?"

„Würde es dich stören?", neckte sie ihn.

„Ja."

„Dann hat er ihn nicht." Sie lachte.

Croft wusste nie, woran er bei ihr war. Vor Wochen hatte er ihr befohlen, Davidson zu verführen. Seine heuchlerischen Moralvorstellungen über die Liebe hatten ihn an jenem Tag derart abgestoßen, dass er ihm am selben Abend noch Hörner aufgesetzt hatte. Natalie hatte zudem von ihm den Auftrag bekommen, ihn zu verderben und sie hatte ihn auch verdorben. Nachdem sich Davidson kurz darauf von seiner Frau getrennt hatte, hatte ihn Natalie auf Anweisung von Croft wieder fallen lassen. Trotzdem machte sich Croft immer wieder einen Spaß daraus, sie mit diesem liebestollen Narren aufzuziehen, der seit jenem Tag vergeblich versuchte, sie zurückzuerobern. „Wer hat ihn dann?"

„Willst du mich *ausfragen* oder *ficken?*", erwiderte sie lachend.

„*Ficken*, du Schlampe!" Er hob sie auf den Tisch und presste ihren Oberkörper auf die Tischplatte. Stürmisch knöpfte er ihre Bluse auf und liebkoste begierig ihre prallen Brüste. Er leckte mit seiner Zunge über ihre nackte Haut, biss zärtlich mit seinen Zähnen in Natalies harte Nippel und knabberte an ihrem Ohr. Sie schmeckte vorzüglich. Sie schmeckte nach Geilheit. Ihr ganzer Körper war angespannt und ihre Möse zuckte vor Erregung. Gierig rieb er sich an ihr, lustvoll massierte er ihre Lustzone mit der Hand. Sie war furchtbar nass. Er spürte die Nässe ihres Saftes, der auf seinen Fingern haftete. „Gefällt dir das?"

Ihr laszives Stöhnen war Antwort genug. Mit einem kräftigen Stoß drang er nun hastig in sie ein. Immer kraftvoller stieß er zu, immer stürmischer bewegte er sich vor und zurück. Um ihr eine noch größere Lust zu bereiten, drückte er während des Rammelns ihre gespreizten Beine fest gegen ihre prallen Brüste. Dicht beugte sich Croft über sie und flüsterte ihr Schweinereien ins Ohr. Die Intensität seiner Stöße war gewaltig; Natalie rutschte immer weiter den Tisch hinauf. Als er ihr ihre Verruchtheit im Gesicht ansah, kam ihm eine Idee. Er zog sich schnell aus ihr zurück. „Ich rufe Davidson an. Ich will, dass du mir unter dem Tisch einen bläst, während ich ihm in sein dummes Gesicht schaue." Croft war von seiner Idee so begeistert, dass er ohne zu zögern, Davidsons Nummer eingab und den Hörer abnahm.

Natalie fügte sich seinem Willen, so wie sie es immer tat. Nachdem Davidson mit einer Bilanzprognose in der Hand das Büro betrat, ahnte er nicht im Geringsten, dass die Frau, die er begehrte, unter dem Tisch verborgen lag und an dem steifen Penis seines Chefs lutschte. *Und sie machte ihren Blowjob verdammt gut!*

Natalie bemühte sich sehr, Croft zufrieden zu stellen. Gierig lutschte sie an ihm wie an einer Zuckerstange. Sie biss immer wieder zärtlich in seine Eichel, umspielte sie liebevoll mit der Zunge, saugte fest daran. Als sich Croft in ihr ergoss, konnte er sich kaum noch beherrschen. Ohne Angabe eines Grundes schickte er den völlig irritierten Davidson aus seinem Büro wieder hinaus. Er entlud sich vollends in Natalie und beobachtete sie beim Schlucken seines Saftes. Ihr Gesicht hatte dann immer einen besonders verruchten Ausdruck.

Obwohl sich Natalie bemüht hatte, nicht einen Tropfen seines kostbaren Saftes zu verschwenden, konnte sie nicht verhindern, dass Sperma auf seine Hose tropfte.

Croft hatte versucht, die Spermaflecken mit einem Tuch wegzurubbeln, aber dadurch wurde es nur noch viel schlimmer. Also beschloss er kurzerhand, sich von seinem Chauffeur in seine *New Yorker Penthouse-Wohnung* fahren zu lassen, um sich umzuziehen, denn am Nachmittag fand ein wichtiges Meeting im Büro statt, das er unmöglich mit Sperma am Hosenbein leiten konnte.

***

Croft betrat die Wohnung und eilte Richtung Schlafzimmer. Als er am Wohnzimmer vorbeikam, sah er sie das erste Mal. Es traf ihn wie ein Hammerschlag! Wie in Trance starrte er auf das fremde Mädchen.

Sie saß auf dem Sofa und blätterte in einer Zeitschrift. Sie bemerkte Croft deshalb nicht, weil sie über Kopfhörer laute Musik anhörte. Croft vernahm einen Song, den er zwar nicht kannte, der aber dumpf aus den Kopfhörern drang. Zudem bemerkte er das *iPod* auf dem Sitzkissen neben ihr.

Doch das war es nicht, was ihn derart aus der Fassung gebracht hatte, so dass er sogar völlig vergaß, wieso er eigentlich hier war. Wie gebannt richtete er seinen Blick auf sie. Sie trug eine Schuluniform, die überaus reizend an ihr aussah. Das Mädchen schien nicht älter als achtzehn zu sein. Möglicherweise war sie sogar jünger. Er wusste es nicht. *Aber was machte sie in seinem Wohnzimmer?* Das karierte Röckchen ihrer Schuluniform war sogar so kurz, dass es über ihre zierlichen Schenkel rutschte und ihm einen tiefen Einblick in ihre Lustzone gewährte. Er sah den weißen Slip, den sie darunter trug. Gebannt starrte er sie an. Ihr schönes Gesicht faszinierte ihn. Es war so atemberaubend schön, es verschlug ihm regelrecht die Sprache. *Und wie verführerisch sie sich die Haarsträhne aus ihrem Gesicht strich! Und dann dieser Schmollmund, den sie zog!* Sie wirkte wie eine schöne Erscheinung. Er hatte noch nie so etwas Schönes gesehen. Ein dicker Kloß schnürte ihm die Kehle zu und er rang nach Atem. Sein Pulsschlag beschleunigte sich beim Anblick dieses fremden Mädchens. *Träumte er?* Während er sie fasziniert betrachtete, hatte er noch nicht einmal bemerkt, dass sich sein Penis langsam in der Hose regte.

Erst die laute Stimme seiner Haushälterin ließ sein Glied auf einen Schlag wieder erschlaffen. Erschrocken sah er zu Mrs Everett hinüber, die mit Gummihandschuhen aus dem Bad herausgestürmt kam. Sie zählte übrigens zu den Frauen, die Croft noch nicht bestiegen hatte und die er auch nicht beabsichtigte zu besteigen.

„O Mr Croft… ich wusste nicht, dass Sie heute früher kommen. Ich kann das erklären… es ist…", redete sie hastig auf ihn ein.

Kein Wunder, dass Mrs Everett einen Schock bekommen hatte, als ihr Boss plötzlich so unerwartet aufgekreuzt war. An ihrem ersten Arbeitstag hatte er ihr erklärt, dass er es nicht wünschte, wenn sich Fremde in seiner Penthouse-Wohnung aufhielten. Er hatte sogar vertraglich festgehalten, dass sie niemandem Zutritt in seine Räume gewähren dürfte. Sollte er ihr jemals nachweisen können oder sie gar dabei erwischen, dass sie diese Regel verletzte, dann würde er sie hochkant hinausschmeißen, ohne ihr den letzten Monatslohn schuldig zu bleiben.

Croft duldete niemanden in seinen privaten Räumen, der die Sicherheitsprüfung seiner Security nicht erst durchlaufen hatte. Jeder, der für ihn arbeitete, musste ihm ein *Führungszeugnis* vorlegen. Zudem wurde diese Person zusätzlich zum vorgelegten *criminal record check* auch noch durch eine Detektei durchleuchtet. Erst wenn sich Croft davon überzeugt hatte, dass von demjenigen keine Gefahr drohte, hatte er ihn eingestellt beziehungsweise ihm Zutritt zu seinen Privaträumen gestattet. Seine ganze Belegschaft, seine Bodyguards und seine Haushälterin hatten diese Maßnahme schon hinter sich, nur das kleine Mädchen in seinem Wohnzimmer nicht.

Die Referenzen von Mrs Everett hatten ihn beim Vorstellungsgespräch überzeugt, außerdem hatte sie sich nie etwas zu Schulden kommen lassen. Deshalb hatte sie auch vor knapp einem Jahr den Posten als Haushälterin bekommen. Croft hatte sie außerordentlich gut bezahlt, denn er war überzeugt davon, dass man gute Leistung von seiner Dienerschaft nur erwarten konnte, wenn man in der Bezahlung sehr großzügig war.

Croft war total überfordert. Mrs Everett redete so schnell auf ihn ein, dass er nur die Hälfte davon verstand.

„Stopp!", unterbrach er sie. „Das ist *Ihre* Tochter?"

Sie nickte ganz aufgeregt. „Ja, das ist meine Julia, mein kleines Mädchen."

Croft richtete seinen Blick abermals auf das Mädchen. Sie schien von der ganzen Diskussion, die sich fast vor ihrer Nase abspielte, nichts mitzubekommen. Sie blätterte immer noch friedlich in der Zeitung und hörte laute Musik. Er konnte sich nicht vorstellen, dass diese Schönheit die Tochter seiner Haushälterin war. Sie sahen sich nicht im Geringsten ähnlich. Mrs Everett war für ihn eine richtige

Perle, was den Haushalt betraf, das war wahr, aber mehr war sie für ihn niemals. Auch war sie so gar nicht nach seinem Geschmack. Das Mädchen war für ihn jedoch der Gipfel der Sinnlichkeit.

Croft erfuhr in nur wenigen Minuten, dass Julia Everett die Tochter seiner Haushälterin war und eine Privatschule, die nicht weit von seiner Penthouse-Wohnung entfernt lag, besuchte. Ihre Mutter hatte alles, was sie besaß, in die Zukunft ihrer Tochter gesteckt, um ihr ein besseres Leben bieten zu können, als sie es selbst als Teenager gehabt hatte. Nachdem ein entfernter Cousin Julias alten Wagen vor ein paar Tagen zu Schrott gefahren hatte, hatte Mrs Everett beschlossen, Julia morgens in die Schule zu fahren und sie abends wieder mitzunehmen. Sie bewohnte mit ihrer Tochter eine kleine Mietswohnung am anderen Ende der Stadt und wollte *partout* nicht, dass Julia mit der U-Bahn oder dem Bus zur Schule fuhr. Vor ein paar Jahren wurde sie selbst einmal in der U-Bahn überfallen und hatte deshalb panische Angst davor, ihre Tochter könnte irgendwann dasselbe Schicksal ereilen. Über diese Nacht sprach Mrs Everett übrigens nie. Die Täter hatte man auch leider nie gefasst.

Nach der Schule wartete Julia in Crofts Wohnung, bis ihre Mutter alle Hausarbeiten erledigt hatte. Dass dies kein Dauerzustand sein konnte, war Mrs Everett klar, aber momentan fehlte ihr einfach das Geld für einen Zweitwagen. Die Privatschule war einfach zu teuer und fraß fast ihr ganzes Vermögen auf. Aber Julia war es ihr wert. Ihre Tochter bedeutete ihr alles, deshalb war sie das Risiko auch eingegangen, gegen Crofts Regeln zu verstoßen. Sie hoffte, für ihr Problem bald eine Lösung gefunden zu haben. Außerdem war Mrs Everett fest davon überzeugt gewesen, dass ihr Boss niemals die Wohnung betreten würde, während Julia da war. Schließlich war es in den letzten Monaten nicht ein einziges Mal passiert, dass er unerwartet nach Hause kam. Denn Anweisungen erhielt sie grundsätzlich nur per Telefon von ihm.

„Bin ich jetzt gefeuert?", fragte sie leise.

Croft schüttelte den Kopf und eilte ins Schlafzimmer. Er musste erst einmal verarbeiten, was er da gerade erfahren hatte. *Wieso wusste er nicht, dass sie eine Tochter hatte? Wie schlampig arbeitete denn seine Detektei? Oder hatte er es nur überlesen?* Er wusste es nicht. Er wusste aber, dass das Mädchen in seinem Wohnzimmer ihn faszinierte. Es war wie Magie. Er bekam ihr Bild einfach nicht mehr aus dem Kopf.

Nachdem er sich umgezogen hatte, kam ihm eine Idee. Mrs Everett hatte ihre Tochter inzwischen über das Dilemma aufgeklärt. Beide standen in Crofts Wohnzimmer und unterhielten sich leise, als er zurückkam.

Das Mädchen sah in ihrer Uniform so aufreizend aus, dass sie Croft regelrecht um den Verstand brachte. Die Unschuld, die sie ausstrahlte, war mit der heißen Uniform, die sie trug, aus seiner Sicht gar nicht vereinbar. Croft wandte den Blick verlegen von ihr ab, als er bemerkte, dass er sie angestarrt hatte. Er winkte Mrs Everett zu sich. „Ich schicke Ihnen später meinen Chauffeur vorbei, damit er Ihre Tochter nach Hause bringt. So lange Sie keinen Zweitwagen haben, wird mein Chauffeur sie morgens in die Schule fahren und nachmittags wieder nach Hause bringen."

„Aber... aber das ist doch nicht nötig..." Mrs Everett wusste nicht, was sie auf dieses großzügige Angebot erwidern sollte. Da sie von Crofts Affären nichts mitbekam und von seiner Sexbesessenheit nichts ahnte, sah sie in diesem Angebot auch nichts Anstößiges.

„O doch!", unterbrach er sie. „Sie wissen, dass ich Fremde in meiner Wohnung nicht dulde. Aber ich will eine Ausnahme machen. Sie brauchen nichts zu befürchten. Es wird kein Nachspiel für Sie haben."

Mrs Everett dankte ihm. Seine Großzügigkeit rührte sie von Herzen.

Croft winkte dem Mädchen kurz zu, dann verließ er seine Wohnung.

Auf der Fahrt in sein Büro, ging ihm Julia nicht mehr aus dem Kopf.

***

Das geplante Meeting am Nachmittag wurde von Croft einfach abgesagt. Auf die sarkastischen Bemerkungen von Natalie war er gar nicht erst eingegangen, als sie ihn hänselte, weil er sie nicht ficken wollte, nachdem er ins Büro zurückgekommen war. Vielmehr schwirrten seine Gedanken um Julia herum, über die er eigentlich nichts wusste, außer dass sie die Tochter seiner Haushälterin war.

Kurzerhand setzte er sich mit seiner Detektei und seiner Security in Verbindung. Schon zwei Stunden später hatte er umfangreiche Informationen über Julia Everett in der Hand.

Er atmete erleichtert auf, als er las, dass Julia bereits achtzehn war. Er hatte sie nämlich für wesentlich jünger gehalten.

Julia Everett war entweder ein sehr fleißiges oder aber ein außerordentlich kluges Mädchen. Sie hatte durchwegs gute Noten in den von ihr belegten Fächern. Ob sie derzeit mit einem jungen Mann liiert war, konnte ihm die Detektei aber nicht sagen, dafür war die Zeit zu knapp gewesen. Man hatte aber herausgefunden, dass ein gewisser *Marc Blake* im Internet zwei Fotos von ihr veröffentlicht hatte. Es wurde gerade geprüft, in welchem Verhältnis er zu dem Mädchen stand und ob die Fotos mit ihrer Zustimmung online gestellt worden waren. Die Informationen hierzu wollte man aber noch nachreichen. Ansonsten gab es nicht viel über Julia Everett zu berichten. Sie war noch kein einziges Mal mit dem Gesetz in Konflikt geraten, auch hatte sie keine Drogenprobleme oder fiel sonst irgendwie negativ auf. Sie besuchte gelegentlich ein paar Clubs oder private Partys. Julia Everett war nach außen hin ein ganz normaler Teenager, der mit keinen unangenehmen Charakter-Eigenschaften behaftet war. Aber für Croft war sie wesentlich mehr als nur ein kleines Mädchen. Er hielt die beiden Fotos in der Hand und betrachtete sie. Julia sah so sinnlich darauf aus. Es waren in dem Sinne aber keine Nacktfotos von ihr, obwohl sie sehr viel Haut zeigte.

Ein Foto zeigte sie kniend auf einem Bett, das mit weißen Leinen bedeckt war. Ein weißes Kissen hielt sie mit den Armen umklammert. Sie trug lediglich ein kurzes, weißes Top und einen weißen Slip. Ihr langes, glattes Haar reichte ihr bis zur Taille. Mit dem Gesicht lehnte sie an der Wand und warf dem Fotografen einen unschuldigen Blick zu, der verruchter hätte nicht sein können. Auf dem zweiten Bild lag sie mit dem Rücken auf dem Bett, und hatte die Beine angezogen. Man konnte nur sehr wenig von ihrem Gesicht erkennen, da das Foto von vorne aufgenommen worden war. Die beiden Bilder waren zwar völlig harmlos, wirkten aber auf eine seltsame Art und Weise total verdorben. Sie zeigten ein unschuldiges Mädchen, das auf einem Bett saß und ihrem Betrachter durch ihren Blick zu verstehen gab, dass sie verführt werden wollte.

Der laute Klingelton seines *iPhones* riss ihn aus seinen Gedanken. Er sah auf das Display. Es war die Nummer seines Chauffeurs.

***

Julia fühlte sich wie eine Prinzessin. Sie saß in einer Luxuslimousine, deren Lederbezug sich auf ihrer Haut so wunderbar geschmeidig anfühlte. Mit der Hand strich sie über das weiche Leder. Niemals hätte sie gedacht, schon so bald in einem derart teuren Luxuswagen wie diesem hier zu sitzen. Heimlich hatte sie sich das schon oft gewünscht. Wenn sie sah, mit welchen Limousinen manche ihrer Mitschülerinnen von der Schule abgeholt wurden, packte sie der blanke Neid. Man sah diesen Mädchen nicht nur an der Kleidung an, wie reich ihre Eltern sein mussten, man hörte es auch an ihrer Ausdrucksweise. Sie sprachen anders als normale Teenager an einer ganz gewöhnlichen *Highschool.* Sie hatte sie wirklich beneidet. Als sie Tag für Tag gesehen hatte, welcher Reichtum sie umgab, hatte sie sich geschworen, eines Tages auch einmal so reich zu sein wie diese verwöhnten Gören.

Julia wusste genau, wie anziehend sie auf Männer wirkte. Sie hatte es noch nie sonderlich schwer gehabt, einen Jungen zu verführen, um zu bekommen, was sie wollte. Und ihre jüngste Eroberung hieß *Marc Blake!* Er war für die Schülerzeitung zuständig, aber für Julia war noch viel wichtiger, dass seinem Vater zahlreiche Immobilien dieser Stadt gehörten. Marc sollte später einmal ins Unternehmen einsteigen, aber er hatte zu Julia immer gesagt, die Fotografie wäre seine Leidenschaft und nicht das Imperium seines Vaters, deshalb sei ihm auch egal, ob er ihn enterbte, wenn er seinen eigenen Weg ginge. Lieber wollte er glücklich in Armut leben anstatt unglücklich in Reichtum sterben. Das war dann auch der entscheidende Grund, wieso ihn Julia wieder fallen ließ. Das Einzige, was ihm von ihr geblieben war, waren die Fotografien, die er in dieser Zeit von ihr gemacht hatte. Julia hatte nie verstanden, wieso Marc so unglücklich mit seinem Schicksal war. Aus ihrer Sicht hätte er kein besseres Los ziehen können. Die Unzufriedenheit des reichen Söhnchens konnte sie nicht nachvollziehen. Also war sie auf der Suche nach einer neuen Eroberung. Und dann hatte sie ihre erste Begegnung mit dem Boss ihrer Mutter.

Julia hatte sofort bemerkt, mit welchem gierigen Blick Croft sie angestarrt hatte.

Sie kannte diesen Blick.

Das war der typische *ich-will-dich-vernaschen-Blick* der Männer. Und als ihre Mutter ihr gesagt hatte, Crofts Chauffeur würde sie vorerst morgens in die Schule fahren und sie nachmittags dort wieder abholen, war sie sich sicher, dass sie Crofts Interesse geweckt hatte. Ihr neuer Plan war deshalb, den Boss ihrer Mutter zu verführen. Aber sie war auf mehr aus, als ihn nur zu verführen. Sie wollte ebenfalls so ein schönes Luxusleben wie die anderen

Mädchen auf der Schule führen. *Das hieß für Julia, sie musste ihn auch dazu bringen, sich in sie zu verlieben.*

Julia genoss die Fahrten zur Schule. Sie schwelgte in Glück, weil die anderen nun sehen konnten, mit welchem Gefährt sie vorgefahren kam. Es verbreitete sich in der Schule wie ein Lauffeuer, dass Julia Everett neuerdings der kleine Liebling von Sebastian Jace Croft zu sein schien.

Die reichen Mädchen suchten plötzlich den Kontakt zu ihr und zeigten sich von ihrer besten Seite. Endlich wurde sie von ihnen gesehen!

Am dritten Tag saß Croft bereits in der Limousine, als sie am Morgen zur Schule abgeholt wurde. Julia war zufrieden, denn bis jetzt schien ihr Plan aufzugehen.

***

Croft fand nachts keine Ruhe mehr und er verlor auch die Lust auf den morgendlichen Sex im Büro mit Natalie. Julia hatte seinen Geist so vergiftet, dass er regelrecht von ihr besessen war. Das erste Mal im Leben plagte ihn sein Gewissen. Sie war zwar schon achtzehn, aber er war immerhin fast doppelt so alt wie sie. Und dann war sie auch noch die Tochter seiner Haushälterin. Obwohl dies, wenn er so recht überlegte, an und für sich gar keine erheblichen Gründe waren, sie nicht zu umgarnen, und eigentlich ja auch nichts dagegen sprach, sie zu verführen. Aber ihre jugendliche Unschuld hielt ihn zurück. *Durfte er sie wirklich schon verderben? Sie einfach so mir nichts dir nichts vernaschen? Sie war ja noch ein Teenager!*

Am Morgen des dritten Tages, nachdem er ihr das erste Mal begegnet war, konnte sich Croft nicht mehr beherrschen. Zügellose Wollust hatte ihn übermannt. Er sagte alle Termine ab und ließ sich von seinem Chauffeur zu ihrem Heim fahren. Sie schien nicht einmal überrascht darüber zu sein, dass er im Wagen saß, als sie einstieg. Ein leises *Guten Morgen* drang aus ihrer Kehle, dann setzte sie sich

103

einfach neben ihn. Er nickte ihr nur zu, brachte aber keine einzige Silbe über die Lippen. Vor der Schule ließ er sie aussteigen, dann fuhr er weiter. Er ließ sich den ganzen Vormittag durch die Stadt kutschieren und dachte nach. Er wollte niemanden sehen, und seine Limousine schien ihm der beste Ort zu sein, um seinen Gedanken in Ruhe nachgehen zu können. Denn nach Hause konnte er nicht, weil sich dort Mrs Everett aufhielt und ins Büro wollte er nicht, weil er sich die sarkastischen Anspielungen seiner Sekretärin ersparen wollte.

Fünf Minuten vor Schulschluss stand seine Limousine bereits wieder auf dem Parkplatz des Schulgeländes. Er beobachtete die anderen Schüler auf dem Schulhof und versuchte sie darunter zu erspähen. Als er sie entdeckte, verspürte er ein wollüstiges Gefühl in den Lenden; als sich ein Junge zu ihr gesellte, spürte er, wie die Eifersucht langsam in ihm emporkroch. Mit eisigem Blick beobachtete er die beiden. Es war nicht zu übersehen, dass der Junge mit ihr flirtete.

Croft wartete genau zehn Minuten, dann ließ er sie von seinem Chauffeur holen.

Als sie einstieg, sagte sie kein Wort zu ihm.

Croft brach das Schweigen. „Wer war das?", fragte er streng.

„Niemand."

„Für einen *Niemand* hast du mich aber ganz schön lange warten lassen!", erwiderte er zynisch.

„Ich wusste nicht, dass Sie auf mich warten."

Croft wusste nicht, was er darauf erwidern sollte und schwieg. Den Rest der Fahrt hatten sie nicht mehr miteinander gesprochen. Als sie ausstieg, hatte sie sich nicht einmal zu ihm umgedreht. Croft war wütend. Wütend auf sich selbst, weil er sich von einem kleinen Mädchen so aus der Fassung bringen ließ.

Am nächsten Morgen sagte er wieder alle Termine ab und versuchte sein Glück aufs Neue.

Julia stieg ein und lächelte ihn freundlich an. Ihr Parfum lag an diesem Morgen etwas schwerer in der Luft. Er liebte diesen Duft an ihr. Auf halber Strecke ließ er den Wagen anhalten.

Julia sah ihn verwundert an. „Wieso halten wir an?"

„Weil ich es so will!"

„Und wann fahren wir weiter?"

„Wenn ich es sage." Croft klang kühler, als er es beabsichtigt hatte. Es ärgerte ihn, dass sie nicht einmal den Versuch wagte, sich an ihn heranzumachen. Aber wahrscheinlich sind kleine Mädchen anders, als erwachsene junge Frauen, schoss es ihm durch den Kopf. Er konnte sie nicht durchschauen. Und er hatte das starke Gefühl, bei ihr nicht durchzudringen. Er gab sich zwar kühl und reserviert ihr gegenüber, derweil machte sie ihn so verrückt mit ihrer verruchten Schuluniform.

„Und was machen wir so lange?", fragte sie weiter.

Croft sah auf sie herab. Allein ihr unschuldiger Blick schnürte ihm die Kehle zu. Sie sorgte dafür, dass sein Herz immer schneller schlug. „Was würdest du denn gerne machen wollen?" Seine Stimme zitterte vor Begehren und sein Schwanz ließ ihm schon seit Tagen keine Ruhe mehr.

„Ich weiß nicht… zum Beispiel… die Schule schwänzen." Sie sah zu ihm auf und lächelte ihn an. Doch an ihrem verruchten Blick erkannte er plötzlich, dass sie ganz und gar nicht so unschuldig war, wie sie es vorgab. Wie verdorben sie aber wirklich war, ahnte er nicht. „Und Sie?"

„Mit dir schlafen." Jetzt war es raus. Jetzt hatte er es endlich gesagt. Doch mit ihrer Reaktion hatte er ganz und gar nicht gerechnet.

„Und was bekomme ich dafür?"

Croft sah sie irritiert an. Er hatte bisher noch nie für die Liebesdienste einer Frau bezahlt, daher fand er ihre Frage schon ganz schön dreist. „Du bist doch keine Hure!", sagte er kühl.

„Natürlich nicht. Aber ich will ja auch nicht mit Ihnen schlafen."
Sie sagte es mit einer so zuckersüßen, zynischen Stimme, dass
Croft die Nerven verlor. Er wies seinen Fahrer an, das Luder zur
Schule zu fahren und ihn dann an dieser Stelle wieder abzuholen. Er
stieg aus und würdigte sie keines Blickes mehr.

Am Nachmittag war die Limousine leer, als Julia einstieg, und am
nächsten Morgen wartete Croft auch nicht im Wagen auf sie. Julia
hatte schon befürchtet, zu hoch gepokert zu haben.

Erst am darauffolgenden Tag saß Croft wieder in der Limousine.
Während der Fahrt zur Schule sprach er kein Wort mit ihr. Bevor sie
ausstieg, packte er sie bei der Hand und hielt sie zurück. „Was willst
du denn dafür haben?"

„Wofür?", fragte sie unschuldig und tat so, als wisse sie nicht,
worüber er sprach.

„Für Sex." Croft sah verlegen zum Fenster hinaus. Für dieses
Mädchen überging er sogar seine eigenen Prinzipien. Aber er wollte
sie unbedingt haben. Egal, was es kostete.

„Einen Brillantring von *Chopard*." Sie sagte dies mit einer solchen
Selbstsicherheit, die Croft nicht einmal von einer jungen Frau
erwartet hätte.

„Du bist sehr anspruchsvoll." Croft ahnte nicht im Geringsten,
was für ein durchtriebenes, kleines Luder sich in ihr verbarg.

„Sie doch auch." Sie lachte ihn an, riss sich los und stieg aus.
Während sie zum Eingang lief, wackelte sie provokativ mit ihrem
Hintern. Sie war sich sicher, dass er sie beobachtete.

Als sie am Nachmittag aus dem Schulgebäude kam, stand Croft
vor seiner Limousine und wartete auf sie. Die anderen Schüler
zerrissen sich schon die Mäuler, aber das war ihm egal. Julia ging
auf ihn zu und küsste ihm kokett auf die Wange. „Hallo, Mr Croft.",
sagte sie und stieg in den Wagen.

Croft folgte ihr und zog die Wagentür zu.

„Hier. Das ist für dich.", sagte er und legte ihr eine blaue
Schmuckschachtel in den Schoß.

Julia verschlug es die Sprache, als sie den Ring sah. So etwas Schönes hatte sie noch nie gesehen. Sie steckte sich den Ring an den Finger und hüpfte auf ihrem Sitz vor Freude auf und ab wie ein kleines Kind. Sie entlockte sogar Croft durch ihre kindliche Art ein Lächeln. Gebannt starrte er sie an. Er wartete darauf, dass sie sich ihm nun anbot. Aber nichts dergleichen passierte. Sie saß nur da und betrachte sein Geschenk. Als die Limousine in ihrer Straße hielt, gab sie ihm einen Kuss auf die Wange und stieg aus.

Croft konnte die erdrückenden Gefühle, die ihn in diesem Moment zu ersticken drohten, während er ihr hinterhersah, nicht deuten. War er nun wütend, weil sie sich an ihre Vereinbarung nicht gehalten hatte, oder war er nur maßlos enttäuscht, dass sie ihn einfach stehen gelassen hatte. *Was hatte er denn von einem kleinen Mädchen erwartet? Hätte er etwas sagen sollen?* Er wusste es nicht. Die ganze Nacht lag er wach. Am nächsten Morgen wartete er wieder in der Limousine auf sie. Sie begrüßte ihn lachend und drückte ihm einen Kuss auf die Wange. Während der Fahrt zur Schule sprachen sie kein Wort. Croft war aber nicht entgangen, dass sie seinen Ring trug.

Sie verabschiedete sich auf dieselbe Art und Weise wie am gestrigen Tag und stieg aus.

Croft sah ihr hinterher und war sich unschlüssig, was er nun tun sollte. Er hatte wohl bemerkt, dass sie anders war als all die Frauen, die er bisher hatte. Sie war nicht bereit, sich zu fügen. Das hatte er schon festgestellt. Und wäre sie eine andere gewesen, hätte er sie schon längst aus seinem Wagen geschmissen, aber bei ihr war es etwas anderes. Sie hatte ihn in der Hand. Er hatte Angst, sich dies einzugestehen, aber er kam nicht umhin, dass ihm genau diese Gedanken durch den Kopf schossen. Er begehrte sie, mehr als jede andere Frau, die er sich bisher genommen hatte. Es war nicht nur der Sex, der ihn antrieb, sondern Gefühle, die ihm bisher völlig fremd waren. Daher war er auch bereit dazu, ihr Zeit zu lassen und sie nicht zu bedrängen. Bei Croft waren das erste Mal Gefühle mit ihm Spiel. Deshalb änderte er völlig unbewusst sein Verhalten.

Am Nachmittag wartete er wie gewohnt wieder in der Limousine auf sie.

Als er sie sah, fühlte er sich mit einem Mal glücklich. Sie stieg ein, küsste ihn auf die Wange und erzählte ihm von ihrem Schultag. Croft konnte sich gar nicht so recht darauf konzentrieren, denn ihr Röckchen rutschte automatisch über ihre Schenkel, als sie ganz aufgeregt mit den Händen vor seinem Gesicht herumwedelte. Er konnte ihren Slip sehen. Bei diesem Anblick regte sich sofort sein Penis in der Hose. Sie machte ihn vollkommen verrückt. Am liebsten wäre er sofort über sie hergefallen, aber er beherrschte sich.

Julia trieb ihr Spiel mit ihm ganze zwei Wochen lang. Sie fühlte mit jedem Atemzug, dass er sie begehrte und es fast nicht mehr ertrug, nur neben ihr zu sitzen, ohne sie anfassen zu dürfen. Aber sie wusste auch, dass sie das Spiel verlieren würde, wenn sie es zu früh geschehen ließe. Sie wollte ihn bis an seine Grenzen treiben, ihm zeigen, dass sie sich nicht beherrschen ließ, sondern vielmehr er ihr hörig war. Sie spielte seine Liebe gegen ihn aus. Nur deshalb hatte sie Macht über ihn. Und Macht über ihn wollte sie haben. Es hatte über eine ganze Woche gedauert, bis sie ihn endlich duzte. Auch das war ein Teil ihres Plans.

An diesem Morgen musste Croft länger als gewohnt auf sie warten. Als sie endlich kam, stieg sie hastig in den Wagen und begrüßte ihn wie immer mit einem Kuss auf die Wange.

Aber diesmal setzte sie sich nicht neben ihn, sondern ließ sich genau gegenüber von ihm in den Sitz fallen. Kokett schlug sie die Beine übereinander und leckte sich mit der Zunge über ihre vollen Lippen. Langsam knöpfte sie ihre Bluse auf.

Crofts Puls stieg rasant an und sein Penis regte sich sofort in der Hose. Als er sah, dass Julia ihre Beine spreizte und ihr das kurze Röckchen über die Schenkel rutschte, wurde ihm ganz heiß. Als er aber bemerkte, dass sie keinen Slip darunter trug, übermannte ihn die Wollust auf einen Schlag. Nun konnte er sich nicht mehr zügeln. Croft sank vor ihr auf die Knie und liebkoste stürmisch ihre kleinen Brüste. Mit der Hand rieb er über ihre Scheide, die so glatt und geschmeidig war, als wäre sie frisch rasiert. Nur ein paar flaumige Härchen bedeckten ihre Vagina. Sie hatte kaum Schamhaare. Croft wurde richtiggehend wild. Schon viel zu lange hatte er auf diesen einen Augenblick gewartet. Stürmisch küsste er sie, während er mit seiner Hand immer kräftiger an ihr rieb. Ihr leises Stöhnen steigerte seine Lust immens. Und dann packte er sie an den Schenkeln und zog sie dicht zu sich heran. Sein steifer Schwanz presste sich gegen den Stoff seiner Hose und wartete nur darauf, aus dieser Enge befreit zu werden. Seine wachsende Geilheit machte ihn unberechenbar. Hastig zog er seinen Reißverschluss herunter, denn der unbändige Drang, sie zu vernaschen, war überwältigend. Kraftvoll rieb er sich an ihr. Ihr laszives Stöhnen ging bei seinen brünstigen Lauten und seinen Liebesbeteuerungen vollkommen unter. Julia war so nass, dass er mühelos in sie eindrang. Tief bohrte er sich in das Lustobjekt seiner Begierde. Er zog sich langsam zurück, bis nur noch die Eichel von ihren Schamlippen umschlossen war, dann drang er erneut tief in sie ein. Und dann konnte sich Croft nicht mehr beherrschen. Er rammelte sie ohne Unterlass. Seine Stöße waren so impulsiv, so kraftvoll, dass er sie immer tiefer in den Sitz hineinpresste. Er leckte an ihren Brüsten, er saugte an ihren harten Nippeln, er küsste ihren Schmollmund. Das Gefühl, sie endlich zu besitzen, war überwältigend. Er bekam einfach nicht genug davon. Und dann war es auch schon passiert. Viel zu früh. Croft war völlig überreizt, deshalb konnte er seinen Orgasmus nicht länger zurückhalten. Er entlud sich schlagartig in ihr.

Julia spürte, wie sein Schwanz in ihr zuckte, als er sich entlud.

Um ihr ebenfalls einen Orgasmus zu bescheren, zog sich Croft aus ihr zurück und rieb mit seiner Hand kräftig über ihre nassen Falten.

Er zog fest an ihren Schamlippen und schlug ganz leicht mit der Hand auf ihre Lustzone. Je schneller sie atmete, desto schneller und härter rieb er seine Hand an ihr. Als sie kam, küsste er sie leidenschaftlich. Er zog sie zu sich herunter und hielt sie fest in seinen Armen. Zärtlich leckte er über ihr Ohrläppchen, sanft küsste er ihren Nacken. „Bitte geh heute nicht zur Schule.", bat er sie leise.

Croft wollte sie nicht gehen lassen. Viel zu lange hatte er schon auf diesen einen Moment warten müssen, so dass es ihm nun umso schwerer fiel, sie wieder loszulassen. Er sehnte sich nach ihrer Zuneigung.

Julia wusste, dass sie jetzt nicht nachgeben durfte. „Morgen... morgen bleibe ich bei dir.", sagte sie und entzog sich sanft seiner Umarmung. Sie knöpfte ihre Bluse zu und zog ihr Röckchen über die Beine.

Croft war machtlos gegen ihren Willen.

Seine Gefühle für sie waren schon viel zu intensiv.

Sie besaß Macht über ihn, gegen die er nicht ankämpfen konnte. Denn Julia hatte den Vorteil ihm gegenüber, dass sie um seine Liebe wusste, er sich ihrer Gefühle jedoch nicht sicher war.

Da er sich aber davor fürchtete, dass sie eines Tages vielleicht nicht mehr in seinen Wagen stieg, ließ er ihr ihren Willen ungebrochen. „Gut. Dann eben morgen."

Sie stieg aus, ohne sich nach ihm umzudrehen.

Croft sah ihr hinterher, bis sie aus seinem Blickfeld verschwand.

Und so hatte es ein Schulmädchen spielend leicht geschafft, einen der mächtigsten Männer des Landes in die Knie zu zwingen.

Er hatte sich ihrem Willen einfach gebeugt.